FORÇAS DA ALIANÇA

COMANDO DA ORLA EXTERIOR, PATRULHA DE TATOOINE

RELATO DE INCIDENTE 39:3:22

Apreensão da Nave *Escravo I* (S011-261MAC-TR17, operador: Fett, Boba), localizada na órbita geoestacionária de Tatooine. Entre os itens encontrados na cabine, havia um (1) volume, provavelmente encadernado por Boba Fett. Devolvido ao GCSF, onde seu conteúdo foi examinado antes do arquivamento. Espaçonave rebocada para o depósito GRA-9-09 (pátios centrais de Grakouine).

CONTEÚDO DO LIVRO:

- *Manual da Guilda de Caçadores de Recompensa* de Fett. Inclui anotações manuscritas de B. Fett e dos caçadores de recompensa Greedo, Bossk e Dengar. E General Solo.
- *Ba'jurne Kyr'tsad Mando'ad*, um manifesto das Sentinelas da Morte. Inclui anotações manuscritas de B. Fett, J. Fett, Aurra Sing e do pirata Weequay Honda Ohnaka.

NOTAS:

Valor das informações anotadas ainda desconhecido.
Os comentários de Jango Fett aparecem direcionados a Boba Fett, e alguns dos comentários de Boba foram dirigidos a sua filha, Ailyn Vel.

Capt. Noan Jeraddi
Cap. Noan Jeraddi

Lt Tepra Tseelit
Ten. Tepra Tseelit

O CÓDIGO DO CAÇADOR DE RECOMPENSA

DOS ARQUIVOS DE BOBA FETT

O MANUAL DA GUILDA DE CAÇADORES DE RECOMPENSA

DENGAR ME DEU ESTE EXEMPLAR DO MANUAL. ANTES DISSO, ELE DEVE TER PASSADO PELAS MÃOS DE BOSSK E GREEDO. SEUS COMENTÁRIOS ESTÃO ANOTADOS AO LONGO DAS PÁGINAS. FOI MUITO ÚTIL SABER O QUE A GUILDA PRETENDE E COMO FAZ NEGÓCIOS.

BOBA

EDIÇÃO IMPERIAL ATUALIZADA

Cradossk me conhece tão bem! — Greedo

Saudações do Chefe da Guilda de Caçadores de Recompensa.

Não importa de onde você veio ou que tipo de vida levou: eu já sei algumas coisas a seu respeito. Você é muito bom em manusear uma arma ou dirigir um veículo e está determinado a melhorar suas habilidades. Você fica inquieto se permanece no planeta por muito tempo. Conhece muitas leis e diversos sistemas estelares, mas não tem intenção alguma de usar essa sabedoria numa sala de tribunal. É inquisitivo por natureza, ainda assim tem cautela e desconfia da maior parte das formas de vida conscientes. Se houver tempo hábil, não entrará em um edifício até ter inspecionado cada saída discretamente. Não se opõe a lutar para conseguir o que quer. Não respeita muito os que não são capazes de se defender, mas respeita a importância econômica que atingem quando passam a valer uma recompensa. Fazer as coisas direito o satisfaz. Você sente orgulho da forma como ganha dinheiro.

E como eu sei tudo isso? Porque pensamos da mesma forma. Nossa profissão cria um vínculo entre nós, irmãos de armas.

Nós, caçadores de recompensa, valorizamos a informação e o conhecimento técnico. E não importa o quão antissocial você seja, pois sabe que há desvantagens em trabalhar completamente por conta própria. Conexões são necessárias. Para permanecer vivo e fazer seu trabalho, às vezes você precisa de suporte e de aliados para apoiá-lo. Em outras palavras, você precisa da Guilda de Caçadores de Recompensa, e a Guilda precisa de você.

Por quase mil anos, o Manual da Guilda de Caçadores de Recompensa tem mantido seus membros vivos e informados. Esta edição atualizada contém observações dos mestres da caça e resumos de ferramentas de trabalho que acabaram de ser introduzidas no mercado. Também inclui dados atualizados sobre os protocolos de caça no espaço Imperial, o que lhe permitirá conduzir o trabalho em total conformidade com o Escritório Imperial de Investigações Criminais.

Você tem o livro. A caçada o espera. Agora, vá trabalhar!

Cradossk

CHEFE DA GUILDA DE CAÇADORES DE RECOMPENSA

O texto de Ontondon não muda há pelo menos duas edições. — Dengar

AS NOÇÕES BÁSICAS

POR GLEED ONTONDON, VICE-DIRETOR EXECUTIVO,
CONSELHO DA GUILDA DE CAÇADORES DE RECOMPENSA

Graças a incontáveis holothrillers, a opinião pública a respeito dos caçadores de recompensa é que somos sujeitos frios e calculistas, que medem o valor de uma pessoa pelo preço de sua cabeça. A maioria dos civis, e mesmo alguns funcionários do governo, nos vê como oportunistas gananciosos e loucos para apertar o gatilho. Eles são conhecidos por nos chamar de escória.

Me chame de escória para ver o que acontece. - Bossk

Nós sabemos a verdade sobre quem somos e o que fazemos.

O QUE CAÇADORES DE RECOMPENSA FAZEM

Temos o trabalho mais difícil da galáxia. Perseguimos os criminosos e os assassinos mais perigosos quando outros já tentaram e falharam e quando ninguém mais tem coragem. Poucos reconhecem que o nosso trabalho é necessário, que *alguém* precisa fazê-lo. Enquanto alguns se encolhem e choram por serem fracos e indecisos, nós somos aqueles que põem a mão na massa.

Mas todo caçador de recompensa precisa começar em algum momento, e eu entendo que você seja novo e não conheça todos os meandros do trabalho. É assim que funciona: alguém comete um crime. O Império, um governo local, uma corporação ou mesmo um indivíduo notifica a Guilda de Caçadores de Recompensa, oferecendo um prêmio pela captura ou pela execução do criminoso. A entidade que notifica é conhecida como *originador*. O criminoso notificado é chamado de *aquisição*. O prêmio, claro, é a *recompensa*.

Em geral, o originador faz uma notificação porque os serviços de aplicação da lei local ou regional não querem ou não são capazes de encarar sozinhos o desafio. Após a notificação chegar a um escritório da Guilda de Caçadores de Recompensa, um *contratante* da Guilda determina que caçador rastreará e apreenderá a aquisição. O caçador não pode recusar um trabalho do contratante da Guilda.

São muitas regras! — Greedo

Se ele tivesse atentado para as regras, talvez tivesse vivido mais. — Dengar

Os contratantes revisam as notificações. É trabalho deles, não seu.

O caçador precisa capturar e entregar a aquisição — ou os restos mortais, ou outra evidência da morte da aquisição — a uma pessoa, corporação ou mesmo em um local designado, chamado de *receptor*. Normalmente, a recompensa é paga em créditos, dinheiro vivo ou transferência direta para a Guilda dos Caçadores de Recompensa. Parece fácil, não?

Claro, é fácil. Como brincar de contar os dentes de um rancor.

Já joguei uma vez. Tenho o dente do rancor para provar. — Bossk

Se o trabalho fosse fácil, qualquer um poderia fazê-lo. Mas você não é qualquer um. Você é um membro da Guilda.

Qualquer um brinca com um rancor morto. — Dengar

EQUÍVOCOS SOBRE OS CAÇADORES DE RECOMPENSA

Agora que já passamos pelas noções básicas do trabalho, vamos desfazer algumas ideias erradas a respeito do que fazemos para viver.

Não há nada de errado com "mero" lucro pessoal. - Bossk

Caçadores de recompensa matam por dinheiro? Sim, mas não indiscriminadamente, e não por mero lucro pessoal. Os membros da Guilda de Caçadores de Recompensa aceitam prêmios por matar *criminosos*, mas somente quando uma notificação de recompensa legalmente emitida requer a aquisição morta, e um percentual da recompensa vai para a Guilda.

Caçadores de recompensa são matadores? Não. Matadores agem de forma ilegal.

Caçadores de recompensa são assassinos? Não. Assassinos miram indivíduos específicos por motivos políticos ou religiosos, e não necessariamente lucram com a morte. A maioria dos chamados assassinos profissionais não sente remorso ao matar inocentes.

Caçadores de recompensa matam inocentes? Nunca de propósito, e sempre há uma consequência. Os membros da Guilda de Caçadores de Recompensa fazem o máximo para garantir a segurança de formas de vida inocentes e evitar danos colaterais. Quando acidentes ocorrem, o departamento jurídico e o de seguros trabalham com outras autoridades para compensar inocentes e seus parentes por perdas, danos, doenças e mortes. O trabalho da Guilda é deter criminosos, não ferir inocentes. No entanto, a Guilda não se responsabiliza por ferimentos, mortes ou danos causados pelas aquisições durante a caça.

As leis do Império se aplicam a caçadores de recompensa? Sim. Caçadores de recompensa são agentes de aplicação da lei, e espera-se que os caçadores da Guilda obedeçam e apoiem as leis do Império, assim como as leis da Guilda de Caçadores de Recompensa. Entre as possíveis sentenças para os que infringem as leis estão pesadas multas, prisão, penas a serem cumpridas em campos de trabalho forçado e morte.

Caçadores de recompensa são mercenários? Definitivamente não. Mercenários são soldados freelancers contratados para servir exércitos estrangeiros. Caçadores de recompensa têm pouca consideração por qualquer um com a fidelidade à venda.

Todos os caçadores de recompensa fazem parte da Guilda de Caçadores de Recompensa? Não. Infelizmente para eles, alguns caçadores preferem trabalhar de forma independente. Não duram muito.

Caçadores de recompensa competem entre si? Não se forem membros da Guilda de Caçadores de Recompensa ou de uma de suas filiadas. Pelo fato de os contratantes da Guilda atribuírem caçadores para recompensas específicas, eles dificilmente cruzam o mesmo caminho. Mas, quando isso acontece, eles se respeitam como aliados. Quanto a caçadores que não fazem parte da Guilda, se interferem em uma caçada autorizada pela Guilda, nós nos certificamos de que nunca mais disputem conosco.

Bossk compete com todo mundo. — Dengar

OS MELHORES NÃO PRECISAM DE AJUDA. BOBA

Caçadores de recompensa fazem trabalho freelance? Caçadores de recompensa têm permissão para ir atrás de qualquer recompensa sancionada, desde que seu trabalho para a Guilda venha em primeiro lugar e de que a Guilda receba um percentual dos trabalhos feitos fora dela. Mas lembre-se: fazer trabalho como "freelance" não é desculpa para mau comportamento. Você não é um pistoleiro — é um caçador de recompensa, um agente de aplicação da lei, e não deixe que ninguém diga o contrário. Você não é um escravo assalariado e não pode ser comprado.

Entendeu? Que bom.

Se o trabalho exigir, mate. Mas mantenha-se sempre no controle. E nunca faça nada que não conste nos termos do contrato.

COMO SE TORNAR UM CAÇADOR DE RECOMPENSA

POR ARACK "MIROLHO" DOSTRYT,
DIRETOR DE RECRUTAMENTO

Então, você quer ser um caçador de recompensa. Entenda isto: enquanto estiver com as habilidades afiadas, ninguém julgará os seus motivos.

Mas a galáxia não vê caçadores com bons olhos. As manchetes na HoloNet afirmam que somos um bando de fora da lei que vive armado. Agentes da lei invejosos falam mal de nós porque fazemos o trabalho deles melhor do que eles próprios. E os moleques que brincam de freelancers como "caçadores independentes" fazem com que toda a categoria seja vista como uma cambada de amadores desleixados.

Então, pense bem antes de entrar para a carreira. Já vimos de tudo na Guilda de Caçadores de Recompensa. Acredite: outros têm motivos iguais aos seus. Deixe-me tentar adivinhar o que o traz aqui:

Gostaria de honrar o corpo do meu pai! - Bossk

- **A ocupação familiar.** Pai, mãe, primo, mentor. Alguém trilhou o caminho de caçador. Você quer honrar a memória dessa pessoa.

Dar o troco. Agora estamos falando a mesma língua. — Dengar.

- **A vingança.** Alguém o prejudicou, então você quer se tornar caçador e dar o troco. Não há nada de errado em querer se vingar, mas não deixe isso interferir no seu trabalho. Lide com os problemas pessoais no seu próprio tempo. Caçar recompensas é um negócio.
- **A cultura da caça.** Já parou para pensar por que a Guilda atrai tantos Rodianos? Está no sangue deles. Os heróis e os deuses dos Rodianos são caçadores de recompensa. Eles escrevem óperas de oito horas sobre a arte de caçar. O mesmo vale para os Trandoshanos, exceto pela parte da ópera. Os Gand também celebram a caça,

assim como os Togorianos. Até os Corellianos têm suas tradições na caça, com seus "Caça-Ladrões" mascarados lutando contra os reis do crime.

- **A intenção nobre.** Alguns caçadores acreditam de verdade no que fazem. Eles vão falar sobre isso até você não aguentar mais, tagarelar sobre como mantemos a paz. Talvez eles sejam irritantes, mas não estão errados. Nós detemos assassinos antes de eles atacarem outra vez e fazemos fugitivos encararem a justiça. E somos *ótimos* nisso.
- **A motivação prática.** Todo mundo precisa de dinheiro, certo? Não há vergonha alguma em ser bem-pago por um trabalho perigoso. Talvez você mande o pagamento para alimentar a ninhada recém-nascida de sua companheira ou talvez gaste tudo em brandy de Savareen. Não faz diferença para seus companheiros de Guilda. Você trabalhou por ele, você decide como gastá-lo.
- **A esquisitice.** Na Guilda, ser excêntrico é a norma, não a exceção. E que o Gume nos abençoe por abrigar tantas aberrações extraordinárias. Veja Tyrn Jiton. Ele é tão preciso com um rifle blaster que basta atirar uma vez, mas tão imprudente nas apostas que já perdeu sete fortunas. Ou o Conde Dojarat, do planeta Prospera Jang, o cavalheiro aventureiro que permite que seus alvos fujam se o vencerem numa luta de boxe. E há também Zalli, a Zelosiana, uma caçadora que adora testar novas invenções quando sai a campo, mas só porque é supersticiosa e não usa a mesma arma duas vezes.

Eu vi Jiton acabar com um jogo de sabacc em Mos Eisley. — Greedo

O Ualaq de Prospera Jang tem uma esquerda devastadora.

Isso aqui não é uma tropa de stormtroopers do Império. Você nunca se adaptou a lugar algum? *Vai se adaptar perfeitamente aqui.*

REQUISITOS PARA SE ALISTAR NA GUILDA DE CAÇADORES DE RECOMPENSA

Como caçador da Guilda, você chamará atenção. E qualquer um que não tenha muito medo vai começar a falar e fazer perguntas. Crianças de becos sujos que gostam das chamas pintadas na sua armadura. Fazendeiros burros que atiram em ratos womp com lança-projéteis e acham que conseguem lidar com uma caçada de verdade. Caçadores independentes que estão desesperados pela chance de fazer o que você fez e ascender em suas associações inúteis. Todos eles vão arregalar os olhos na sua direção, assobiar quando virem seu rifle e perguntar como se alistar na Guilda de Caçadores de Recompensa. E é aí que você os manda ir ao Vazio.

Diga a eles para baixarem a bola se querem continuar vivos. Diga a eles que se alistem no Exército Imperial, se estão com tanta vontade de usar armadura. Ninguém que queira se tornar caçador vai ouvir essas palavras e correr chorando para casa. Os padrões para se alistar na Guilda são altos. E têm de ser mesmo, especialmente agora que o Império está fazendo repressão na Margem em planetas dominados pelo submundo e tantos desabrigados estão batendo à nossa porta.

Citando o regulamento 2-49 da GCR: *Pré-requisitos, Conduta e Regulamentos*:

1. Todo candidato a membro da Guilda de Caçadores de Recompensa deve ser apadrinhado por ao menos um membro atual.

2. Todo candidato a membro da Guilda de Caçadores de Recompensa deve pagar uma taxa de avaliação de 750 créditos.

3. Todo candidato a membro da Guilda de Caçadores de Recompensa deve ter um mínimo de cinco (5) capturas confirmadas e a soma das recompensas deve ser de, pelo menos, 20.000 créditos.

4. Todo candidato a membro da Guilda de Caçadores de Recompensa deve sobreviver ao teste de iniciação.

A iniciação foi difícil! – Greedo

A iniciação foi uma piada. – Bossk

Essa última é complicada. Na minha iniciação, precisei lutar corpo a corpo com Cradossk, e só perdi um pedaço do ombro. Mas essa cláusula — a quarta, da luta — é a que vai afugentar o pessoal das associações inúteis.

Se encarar uma iniciação como a minha, você provavelmente passará, a não ser que faça vergonha. (Ou morra, o que é uma baita vergonha.) Demonstre coragem, e a Guilda não vai querer saber se você é baixinho ou um palito. A Guilda quer *rrakktorr*, como dizem os Wookiees. Coração de caçador.

Coração de Wookiee é uma delícia. - Bossk

É claro que algumas iniciações da Guilda são tão difíceis quanto as que você ouviu. A Caixa não é boato. É uma arena cúbica fechada na sede de Serenno. Foi construída por Moralo Eval, psicótico inventor Phindiano, durante as Guerras Clônicas. Desde então, ela tem mastigado caçadores novatos.

O que eles gostam de fazer em Serenno é jogar meia dúzia de carnes frescas aspirantes na Caixa ao mesmo tempo. O primeiro a escapar tem

A CAIXA É MÓVEL, ATÉ ONDE SE SABE. BWAHL, O HUTT, A PEGOU DURANTE UMA EXCURSÃO PELAS FORTALEZAS KAJIDIC E TORTUROU INIMIGOS SÓ POR DIVERSÃO. BOBA

A Caixa. Seis entram, um sai e se une à Guilda.

garantia de se tornar membro da Guilda. O que existe lá? Aquilo que os programadores inventarem. A Caixa é um simulador de desafios feito de painéis móveis, e atrás desses painéis há um monte de dor, de uma forma ou de outra.

Não estou dizendo que você morrerá na Caixa. É claro que também não estou dizendo que não vá. Tudo que sei é que, na última vez que passei por lá, os caixotes de reabastecimento próximos à escotilha da manutenção tinham os rótulos "GÁS DIOXIS", "PROPELENTE INCENDIÁRIO" e "LASERS PARA CORTE INDUSTRIAL".

EXCEÇÕES À FILIAÇÃO

Para tudo há um jeito fácil e outro difícil, e um atalho para se tornar membro da Guilda é se associar a uma guilda de caçadores de recompensa afiliada. (Ver "Guildas de Caçadores de Recompensa Afiliadas", p. 116.) Quando você se torna membro de uma afiliada, automaticamente passa a ser membro da Guilda de Caçadores de Recompensa, mas o restante de nós sabe como a coisa funciona de verdade.

Digamos que você esteja na Casa Benelex. Isso significa que você nunca passou por uma iniciação, mas teve de desembolsar uma taxa de avaliação salgada de 2.000 créditos. Os caçadores de Benelex sempre tiveram mais dinheiro do que coragem; então, parabéns por provar isso mais uma vez. Ou digamos que você esteja na Casa Renliss e precisou passar pelo requisito extra de ser do sexo feminino. Lady Gratina mantém suas tradições.

Meu pai nunca me deu nada de mão beijada! - Bossk

E há a Exceção de Ouro. Em geral, as guildas não admitem, mas ela vale para todas e é esta: *Se o chefe quer você dentro, você está dentro.*

Talvez seu destino seja seguir os passos da mamãe ou do papai. Talvez você seja bom em caçar uma espécie particular de criatura e o chefe tenha acabado de expandir as operações para um setor lotado delas. Talvez você saiba algum podre do chefe. Ou talvez você o tenha derrotado no sabacc e ele esteja lhe pagando a dívida.

Quanto rancor... — Dengar

Não importa, certo? O que importa são sua habilidade, como você se comporta e se segue ou não o Credo dos Caçadores de Recompensa.

E se consegue permanecer com a cabeça. (E com todas as suas outras partes.) Assim que você se torna membro, seus colegas de Guilda lhe darão mais tristezas do que você pode imaginar. Mas você faz parte da elite.

Repúblicas podem cair, impérios podem ascender. Mas a Guilda de Caçadores de Recompensa permanece forte.

Um dia terei um covil desses. — Greedo

Fui eu que matei aquele Wampa na parede! — Bossk

Jogos recreativos são excelentes oportunidades para você conhecer seus colegas da Guilda.

O CREDO E OS CÓDIGOS

O CREDO DOS CAÇADORES DE RECOMPENSA

Todos os caçadores de recompensa sabem o Credo, e os verdadeiros de fato o seguem. Mas a Guilda de Caçadores de Recompensa o *escreveu*. Descumpra qualquer um de seus itens, e você não será um de nós por muito tempo.

Os seis dogmas do Credo são o que separa caçadores de recompensa de guarda-costas, mercenários e bandidos. Sua autoridade não vem de instituições de lei externas, mas de nós, seus partidários.

O Primeiro Dogma: Pessoas Não Têm Recompensas, Somente Aquisições Têm Recompensas. Pense nisto: quando alguém passa a ter a cabeça a prêmio, ele *não é mais uma pessoa*. Ele é uma aquisição. É uma mercadoria. É isso que os paladinos da moralidade não entendem sobre os caçadores. Nós não somos os vilões, e nós não atribuímos a recompensa. O alvo fez coisas ruins. Você não é o juiz do alvo, a consciência ou a mãe dele. Você é um agente da justiça que vai capturá-lo pelo que ele fez.

O Segundo Dogma: Capture pela Missão, Mate pela Necessidade. Com frequência, cartazes de procurados dizem Vivo ou Morto, e às vezes dizem apenas Morto. Então, você pode matar quando o trabalho lhe der essa flexibilidade. Mas, se você o faz fora dos nossos parâmetros, não passa de um assassino.

Às vezes, capturas se transformam em mortes. Tiroteios acabam mal, ou aquisições preferem cometer suicídio a ficar em uma prisão Hutt. Esses são desdobramentos ruins, e você sempre deve evitá-los, pois passa a ser visto com maus olhos, o que faz com que *nos* vejam com maus olhos.

Em algumas cantinas da Orla, as paredes estão completamente cobertas com cartazes de procurados.

O Terceiro Dogma: Nenhum Caçador Matará Outro Caçador. Se por um lado o Credo reduz os alvos de recompensa a mercadorias, por outro eleva os caçadores de recompensa ao status de profissionais. Você *tenta* não matar uma aquisição, a não ser que faça parte do trabalho. Você não *deve* matar um caçador, não importa o que aconteça.

Caçar é um negócio competitivo; então, este dogma precisa ser repetido com frequência e com palavras pequenas e fáceis de memorizar. Preste atenção. Talvez haja dezenas de caçadores independentes atrás do mesmo trabalho que você. Silenciar um deles com um tiro no capacete facilitaria que você recebesse a recompensa livre e desimpedido. Mas você não fará isso. Porque mesmo os caçadores inúteis são caçadores.

Por outro lado, um caçador expulso da nossa sociedade com o veredicto de ter cometido um delito não é mais um caçador. Para eles, a temporada de caça está aberta.

Boba Fett não obedece a este! — Greedo

O Quarto Dogma: Nenhum Caçador Pode Interferir em Outra Caça. Se você achou que o terceiro dogma era duro de engolir, este vai queimar as suas entranhas. Mas a necessidade dele não é nenhum mistério. Caçar recompensas é uma arte meticulosa. Encontrar o esconderijo de um alvo pode tomar meses de preparação. Não desonre um colega caçador ao passar por cima dele, pelo amor do Gume. Já temos o bastante disso com os idiotas que sabotam a nossa caçada.

PALAVRAS CORAJOSAS VINDAS DE UM COVARDE MORTO. BOBA

O Quinto Dogma: Na Caça, ou Se Captura ou Se Mata, Nunca Ambos. Nada de dizer que o alvo "morreu enquanto tentava fugir" com uma piscadela e um sorriso malicioso, algo que o Império faz tão bem. Se você capturou vivo, entregue vivo. Caçadores não são assassinos.

O Sexto Dogma: Nenhum Caçador Se Negará a Ajudar Outro Caçador. Está no Credo que um caçador deve ajudar um rival se lhe pedirem, e qualquer caçador de verdade honrará a essa diretriz. No entanto, ninguém espera que sua generosidade não seja recompensada. Se lhe pedem que ajude outro caçador a capturar um brutamonte, como um Esoomiano, pode esperar receber de dez a quarenta por cento da recompensa (dependendo da divisão de tarefas feita pelo seu parceiro). Isso mantém as coisas justas e lucrativas. Só se certifique de chegar a um acordo a respeito da divisão *antes* de agir.

Fique no meu caminho, e eu mato você. — Bossk

Ações coordenadas podem derrubar até os maiores brutamontes. Não se esqueça de dividir.

REGULAMENTOS DA GUILDA

A Guilda é forte porque seus membros são fortes. E como a Guilda *mantém você* forte? Como oferece treinamento na sede e conserto para sua espaçonave, ou mantém um local de fabricação e manutenção de armas onde você pode pegar um jetpack? Você entendeu: taxas.

ALÉM DE TAXAS ESCONDIDAS, TAXAS DE MANUTENÇÃO E MULTAS.

Se você se beneficia da Guilda, é mais do que justo devolver em forma de dinheiro. Para manter a inscrição, deve-se pagar uma anuidade de 2.000 créditos, valor que cresce se você também desejar se tornar membro de uma guilda afiliada.

CAÇADORES QUE ACABARAM DE ENTRAR PARA A GUILDA SÃO NERFS ESPERANDO PELA SANGRIA.

BOBA

Mas a Guilda de Caçadores de Recompensa não consegue viver só de taxas. A maior parte da receita anual é do que se coleta com as caçadas. Há Pontos Administrativos da Guilda para calcular quanto você deve de cada uma de suas recompensas, e o valor contratual é cobrado, independente de quanto você *ache* que mereça. Ninguém se importa com quantos chutes na cabeça você levou para controlar a aquisição.

Guildas afiliadas cobram taxas que variam de três a dez por cento. A Guilda de Caçadores de Recompensa usa uma escala, tirando pouco das recompensas baixas (para que você ainda tenha o suficiente para sobreviver) e mais das recompensas de médio porte. Para recompensas Galácticas ou entre os Mais Procurados, a Guilda volta a cobrar pouco, de forma a incentivar os melhores caçadores a pegarem os maiores desafios.

Quer manter cada crédito coletado? Faça tudo por conta própria e veja se consegue. A Guilda é a melhor por causa do que fornece, e, como todas as coisas com valor nesta galáxia, tudo isso foi construído com dinheiro. Ao contrário de quem mais você possa conhecer — tire como exemplo os chamados Jedi, que viviam num templo em Coruscant avaliado em 1 trilhão de créditos —, nós somos os únicos a fazer tudo com honestidade.

Não é o fim dos códigos, nem perto disso. De três em três anos, ou a cada ano, no caso de um membro probatório, todo caçador da Guilda precisa passar pela avaliação dos agentes do mestre da Guilda. Preocupado em não passar? Provavelmente você não tem o que temer. Isso mostra que você se importa com o trabalho.

Caçadores descuidados são os que precisam se preocupar. Os que não mantêm o equipamento funcionando ou as licenças em dia. Os que não param de receber reclamações de agentes da lei — ou pior: de clientes. Se não passar em uma avaliação, você recebe um aviso, caso o mestre da Guilda esteja em um bom dia. Se não passar duas vezes, você está fora. Não importam os motivos.

REGRAS DA GUILDA

Seguir o Credo dos Caçadores de Recompensa é responsabilidade de *todos* os caçadores. Portanto, as regras adicionais da Guilda se aprofundam e esclarecem os comportamentos que nos fazem únicos. Obedeça-lhes, e obedeça ao Credo, e você provavelmente não terá dificuldades durante a avaliação probatória a ser feita pelo mestre da Guilda.

1. **Aceite o trabalho que o contratante da Guilda lhe der.** Os caçadores não escolhem os trabalhos que pareçam legais. Pelo menos, não os iniciantes. Existe um bom motivo para que tenham mantido você ocupado capturando sonegadores de impostos no recanto bancário de Muunilinst, e seu contratante sabe disso melhor do que você jamais saberá. Caso esteja se coçando para lutar, finalize seus trabalhos mais fáceis primeiro. Você terá a sua chance.

2. **Não questione o contratante da Guilda.** Em outras palavras, cale a boca e faça o seu trabalho. Eu questiono quem eu quiser! – Bossk

Qualquer membro da Guilda, exceto Bossk. – Greedo

3. **Nunca negue ajuda a um membro da Guilda.** Isso vai além do Credo dos Caçadores de Recompensa, e a razão deve ser óbvia. Se o Credo ordena que você ajude até os caçadores inúteis, quanto mais você precisa fazer por seus irmãos e irmãs na Guilda? A resposta é: você dá o braço direito por eles.

Você tem sorte de já estar morto. – Bossk

4. **Não entre no território de outro caçador.** Sempre que você pegar um trabalho, o contratante da Guilda lhe dirá o planeta, o sistema ou o setor em que o trabalho supostamente deve acontecer.

Disputas acontecem. Deixe a Guilda resolvê-las.

Em caso de fuga, fale com seu contratante antes de perseguir o alvo até a Rota Corelliana. Todo caçador tem o ritmo controlado, e isso é tudo o que você precisa saber.

5. **Deixe que a Guilda resolva qualquer disputa entre caçadores.** Se é algo que você possa resolver com socos, vá em frente. Mas, se é o tipo de coisa em que um de vocês pode puxar uma blaster, *deixe que a Guilda resolva*. Se você matar ou mutilar o outro cara, custará à Guilda um caçador que paga as devidas taxas. E adivinhe quem vai pagar pelos créditos perdidos! Contate a Guilda e faça a acusação. Um conclave se reunirá no prazo de trinta dias. Esses encontros se chamam apresentação dos caçadores.

A ordem é punhos, dentes e então blasters. - Bossk

JULGAMENTO E SENTENÇA

Nós fazemos a nossa própria justiça. De acordo com o Item 5 das regras da Guilda, a apresentação dos caçadores decide o destino de um membro que tenha sido acusado. Caso ocorra na sede de um setor, ela se dará numa arena de combate. Todos os membros disponíveis vão para a arquibancada, e acusado e acusador se enfrentam na arena.

É claro que isso pode acontecer em qualquer lugar, de uma prisão em uma espaçonave até a despensa de uma taverna. São necessários pelo menos seis caçadores para escutar a apresentação de acusação. Cada lado tem direito a dar sua versão, e o veredicto é determinado pelo voto da maioria dos caçadores reunidos.

ARRISCADO. MUITOS CAÇADORES NO MESMO LUGAR SÃO FACILMENTE EMBOSCADOS. BOBA

Um caçador considerado culpado de violar o Credo desonra a profissão. Os culpados são expulsos da Guilda e banidos para sempre. Mesmo que tentem ganhar a vida como caçadores independentes, eles não são mais protegidos pelos dogmas do Credo, entre eles "Nenhum Caçador Matará Outro Caçador". Ninguém chorará se esses sujeitos tiverem um triste fim.

Mas a maioria das apresentações se resume a mera implicância pessoal, e as penas não são severas. Um caçador que esteja no erro talvez tome uma garfada de um monte de créditos, ou talvez resolva a disputa com o outro caçador no combate direto lá mesmo, na apresentação dos caçadores. Caso isso aconteça, em geral não é permitido usar armas, apesar de haver algumas sedes que adoram um duelo de sabres. Se você for um incompetente que sempre enerva seus amigos e por acaso estiver trabalhando perto da sede de Castell, talvez queira ter algumas aulas de luta de espadas.

O veredicto da apresentação dos caçadores é absoluto.

A RECOMPENSA

Em essência, uma recompensa é um incentivo financeiro que alguém recebe para resolver casos que, do contrário, não teriam solução. A maior parte do trabalho da Guilda ocorre por meio do Escritório Imperial de Investigações Criminais (EIIC), através de postagens do governo no DataCore de Execução do Império.

A postagem é um instrumento legal, tecnicamente um Aviso de Detenção Civil (ADC). No instante em que surge um aviso de recompensa, o alvo em questão se torna oficialmente um fora da lei e perde os direitos de um cidadão do Império.

Quanto maior o crime, maior o pagamento. O termo "cabeça a prêmio" não existe por acaso. Conseguir esse prêmio é o que constrói a carreira de um caçador.

POSTAGENS DE RECOMPENSA

Então, onde encontrar recompensas? Resposta: *você* não encontra. Enquanto for membro probatório da Guilda, seu contratante — seu corretor de recompensa — lhe dará um fluxo constante de trabalhos. Mas, se você sobreviver, começará a subir de categoria e logo terá mais flexibilidade no trabalho.

O DataCore é muito caro. Minha agência local é melhor. — Greedo

Caso seja membro efetivo e queira escolher os trabalhos, verifique o DataCore de Execução do Império. Ele tem um banco de dados limitado, mas ali você pode achar as agências do EIIC, as de postagens independentes e as postagens de sua própria sede. Você tem de pagar caso use o serviço, a não ser que procure as da própria sede.

O que se vê nos resultados das buscas do DataCore depende de onde você está. A maior parte das recompensas planetárias ou de sistemas é postada apenas dentro da jurisdição local, o que diminui a bagunça e economiza o dinheiro de quem postou a recompensa.

Se você está em campo, provavelmente não se encontra próximo a uma sede. Então, as agências do EIIC e de postagem serão o seu segundo lar.

Ambos oferecem acesso ao DataCore e geram autorizações oficiais. As agências do EIIC aceitam até aquisições capturadas, caso haja celas por lá. Mas os funcionários do Império que trabalham no EIIC cuidam mais dos próprios problemas. Portanto, não se surpreenda caso seja ignorado.

Provavelmente você irá preferir as agências de postagem. Embora seus donos sejam independentes, elas oferecem a maior parte dos serviços cobertos pelo EIIC. Mas lembre-se de que, por não fazerem parte do governo, elas precisam cobrir as despesas, e por isso lhe cobram a mais. Você encontra agências de postagem em qualquer porto espacial, de Mos Eisley à Roda, todas em nome de algum empresário local com uma conexão nem tão secreta com o submundo.

Mos Eisley! Eles estão falando de mim! – Greedo

Greedo delirava tanto quanto Bossk. – Dengar

E isso é bom. Algumas das agências de postagem franqueadas, como a de Rozatta, em Primeday, ou a Empório Beneficente Mark, sabem muito mais a respeito de recompensas do que aquilo que aparece no ADC. Se você souber a senha, algumas dessas lojas chegarão a abrir os porões onde guardam os arsenais e lhe permitirão comprar.

LISTA ATUALIZADA: ARSENAIS DE NÍVEL 4 OU ACIMA
- MOS ESPA, TATTOOINE
- BAGSHO, NIM DROVIS
- SKIP 72, ROTA DOS CONTRABANDISTAS
BOBA

Mas não passe muito tempo em agências de postagem. Talvez os governadores do Império organizem uma grande apreensão caso um Moff faça uma visita não programada, e você não quer arriscar ser preso também. Alvos de recompensa na lista dos Mais Procurados também não gostam de agências de postagem, porque elas agem como vetores para que novos caçadores os persigam. Dizem que o Dr. Nuvo Vindi jogou gás

Dezenas de caçadores participaram de uma divertida perseguição ao Dr. Vindi.

tóxico em todas as agências em Ord Marsax um dia após a República ter aumentado o valor da recompensa por ele para 250.000 créditos.

RECOMPENSAS NÃO GOVERNAMENTAIS

Um monte de caçadas não passa pelo Escritório Imperial de Investigações Criminais. Na verdade, às vezes caçadores de recompensa particulares contratados pelos Hutt ou pelas megacorporações passam toda a carreira sem nunca fazer uma caçada oficial pelo governo.

Recompensas do submundo são postadas com regularidade em feeds obscuros, como o Infonet de Cynabar, e qualquer agência de postagem pode acessar esse banco de dados se você pagar ao corretor de informações correto. Também é possível encontrar algumas dessas recompensas no holofeed da cantina de um caçador de recompensa. E, se você estiver carregando um Holoprojetor de Caçador, pode simplesmente passá-lo na frente da tela para transferir os dados para o seu aparelho. Com isso, sua intenção de perseguir a recompensa entra na rede.

Preciso arranjar um desses Holoprojetores. — Greedo

A adega de Fossfog, em Axxila, tem links com todos os feeds do submundo.

É CURIOSO QUE CRADOSSK TENHA PERMITIDO QUE ISSO ENTRE NUM GUIA DE RECRUTAMENTO. QUALQUER CAÇADOR COM NÍVEL PARA ATUAR NA LISTA NEGRA JÁ DEIXOU A GUILDA HÁ MUITO TEMPO.
BOBA

A **Lista Negra** é o equivalente à lista de Mais Procurados, mas só está disponível para os melhores caçadores da galáxia. Somente alguns clientes de alto nível podem postar nessa lista. Por isso, a caça a um membro da Lista Negra pode se dar a pedido de figuras como o Barão Tagge, o Príncipe Xizor ou talvez até o Lord Vader em pessoa. Apesar de saber que a lista comum está por aí, você não precisa agir quanto à Lista Negra. Se um dia for bom o bastante, a Lista Negra irá procurá-lo.

Recompensas corporativas têm o suporte de orçamentos operacionais de bilhões de créditos. Você pode encher os bolsos se estiver disposto a ter dores de cabeça de tanto ranger os dentes com o mundo empresarial, tendo de preencher cada reivindicação de recompensa em triplicata. Recompensas corporativas são tão legítimas quanto às do EIIC e, por vezes, estão listadas no DataCore do governo, um resquício de quando a Federação de Comércio, o Clã Bancário InterGaláctico e a Guilda do Comércio tinham mais poder do que todo o Senado da República.

Esses dias ainda não acabaram de vez, se a TaggeCo e os Sistemas de Frota Sienar ainda contam. E, se você tem esperança de trabalhar para o Setor Corporativo, as recompensas corporativas são tudo de que você precisa. Não importa o que está listado na postagem de recompensa: as companhias provavelmente pagarão mais se você contatá-las diretamente. Fale com o departamento de Recursos Humanos, divisão Comércio Carmesim.

Também há as **recompensas particulares**, que qualquer cidadão pode postar, contanto que pague adiantado e providencie a documentação do suposto crime. Com frequência, essas recompensas surgem quando uma briga de casal fica feia, e, em geral, o pagamento é horrível. Deixe esses casos para os caçadores independentes.

O último grande provedor de recompensas — e o mais recente — é a **Secretaria de Segurança Imperial**. A lista da SSI não é feita das recompensas tradicionais do governo, porque ninguém nessa lista cometeu o que você consideraria um crime. E esse, acredite se quiser, é o lado bom de viver às margens do Império. *Mais caçadas para os caçadores.*

Lado bom.
Essa é boa.
— Dengar

A Divisão de Execução da SSI triplicou o número de crimes passíveis de execução ao adicionar termos como "não obedeceu aos preceitos da Nova Ordem do Imperador Palpatine". O que isso significa? O que a SSI quiser.

As postagens de recompensa da SSI são conhecidas como ALCADocs, que significa Autorização Legal para Contenção Avançada. E sua lista de suspeitos é tão grande quanto a língua de um Gungan. Tecnicamente, por não haver crime, não há recompensa, mas a SSI considera isso como "honorário", o que não deixa de ser um negócio.

As aquisições que você fizer sob regime da ALCADocs serão detidas por tempo indeterminado pela SSI, sob jurisdição dos Altos Inquisidores do Imperador Palpatine. Pode apostar que você nunca mais verá esses infelizes.

Mas talvez você tenha problemas para capturar rebeldes. Poucos caçadores gostam disso. Também não é o meu trabalho preferido, mas estes são os tempos em que vivemos. E você já viu o quanto a SSI paga pela Princesa Leia Organa? Se tiver habilidade, pode começar a sonhar com aquela regata de iates em Spira outra vez.

Deixa ela vir a Tatooine. Vou capturá-la. — Greedo

CLASSIFICAÇÃO DAS RECOMPENSAS

Crimes maiores significam pagamentos maiores. Exceto quando um cliente dá uma fortuna pela cabeça de alguém que o humilhou por causa de algo pequeno. Acontece o tempo todo, e sempre em nome do orgulho.

Mas, em geral, há um previsível aumento de incentivos incorporado ao sistema. Do maior para o menor, é assim que o EIIC e a Guilda de Caçadores de Recompensa classificam as caçadas:

MAIS PROCURADOS
(FAIXA DA RECOMPENSA: ACIMA DE 200.000 CRÉDITOS)

Esses são os peixes grandes, aqueles que o Império considera ameaças iminentes à segurança pública ou Imperial. O dinheiro é ótimo, mas não seja estúpido o bastante de pensar neles como o seu passaporte para a aposentadoria. Há uma razão para que eles estejam na lista de Mais

Queria ver Boba nessa lista.
- Bossk

Procurados; uma razão que pode ser puramente política, mas que também pode envolver um caos enorme. No mínimo, um criminoso nessa lista tem feito um trabalho incrível para evitar a captura. É por isso que agora eles são problema nosso, em vez de ficarem entulhados nos arquivos de algum agente da lei.

Em geral, assassinos e maníacos na lista de Mais Procurados são marcados com "vivo ou morto". Dissidentes políticos, com "localizar e deter", o que significa que *você não deve atirar*, a não ser que tenha certeza de que o alvo sobreviverá a um tiro de blaster onde você mirar.

Pegou um walker? Bem-vindo à lista de Mais Procurados.

Entre os crimes que colocam alguém na lista de Mais Procurados estão:

- Conspiração, motim ou traição contra o Império.
- Destruição/roubo de propriedade do Império avaliada em mais de 250.000 créditos.
- Fingir ser um funcionário do Império.
- Fugir para evitar uma ação penal do Império.
- Obstrução à autoridade do Império.

O último item é vago de propósito e costuma ser usado para justificar casos de abuso de autoridade. Muitos reclamarão, mas, como sempre digo, nós, caçadores de recompensa, somos apenas os mensageiros. Se eles querem sentir raiva de alguém, podem esbravejar com um Grande Moff.

GALÁCTICA
(FAIXA DE RECOMPENSA: 50.000 - 200.000 CRÉDITOS)

Esses nojentos não são bons o bastante para entrar na lista de Mais Procurados, mas a recompensa por eles também vale para toda a galáxia. A lista Galáctica tem dezenas de milhares de nomes (enquanto a de Mais Procurados tem apenas algumas centenas), e alguns estão nela há décadas. Não se espera que o contratante da Guilda lhe dê alguém desse nível. Quando você estiver pronto para uma recompensa Galáctica, é porque há muito tempo já tem o direito de escolher quem caçará.

Eu nasci para pegar essas recompensas de alto nível.
— Greedo

Zero-gee embarcando em um batelão de drones. Isso irrita o Império.

Entre os crimes que colocam alguém na lista Galáctica estão:

- Agressão a um membro das forças armadas do Império.
- Suborno a um funcionário do Império.
- Transporte de itens controlados. Esse delito é maior do que um mero contrabando e, geralmente, tem a ver com o roubo de protótipos ou de planos para superarmas.
- Pirataria. Em especial, ladrões da Orla que atacam os batelões de drones do Império.
- Posse de um dispositivo de ocultação. Após o esgotamento das minas de estígio, a tecnologia de ocultação se tornou

Consigo nomear 17 sistemas onde NÃO é crime subornar alguém do Império.
— Dengar

informação confidencial no Império. O que se deve saber sobre esse crime em particular é que o Império se importa mais com a nave da pessoa do que com a pessoa em si.

REGIONAL
(FAIXA DE RECOMPENSA: 20.000 - 75.000 CRÉDITOS)

Como o próprio nome diz, uma recompensa regional só é oferecida em uma região específica da galáxia, à exceção dos Mundos do Núcleo. Isso vale para tudo, desde as Colônias, a Orla Interior, a Região de Expansão, a Orla Média e a Orla Exterior até os antros de especialistas, como a Centralidade. As exceções conhecidas são o Setor Corporativo e o Espaço Hutt, onde os funcionários locais coordenam operações de recompensa de forma independente do EIIC.

De cada dez recompensas regionais, oito são postadas nos Territórios da Orla Exterior, então é melhor se acostumar. É o maior lugar para um alvo se esconder.

Por baixo do casco, este petroleiro provavelmente está cheio de modificações ilegais.

Entre os crimes que colocam alguém na lista Regional estão:

- Assassinato de funcionários do governo Imperial. O bom e velho assassinato comum não é suficiente para pôr alguém na lista regional.

Eu me pergunto se o Império sabe da nave de Solo. Adoraria vê-lo se dar mal.
— Greedo

- Falsificação. Um bom falsificador é capaz de reproduzir qualquer coisa, desde um Certificado da Força de Paz do Império até uma cédula de 100.000 créditos, e ele também é esperto o bastante para não ser apanhado. Um falsificador com recompensa regional provavelmente foi traído pelo parceiro (se você for esperto, é pelo parceiro que deverá começar a caçada).
- Operar uma espaçonave ilegal. Um cargueiro particular com blindagem militar e com um lança-torpedo desrespeita dezenas de leis só por existir. É raro ver uma recompensa por esse crime, mas pode acontecer, caso o capitão não passe pela extorsão anual da Secretaria de Naves e Serviços.
- Transportar material roubado. Essa é para os chefões do contrabando que movimentam cargas avaliadas em milhões de créditos. Quando rastrear um deles, não se surpreenda se oferecerem o dobro ou o triplo do valor da recompensa para suborná-lo. Acredito que agora você já saiba que nada fica entre o caçador e a sua aquisição.

POR SETOR, POR SISTEMA OU PLANETÁRIAS (FAIXA DE RECOMPENSA: 3.000 - 50.000 CRÉDITOS)

Essas recompensas são oferecidas em um setor, sistema ou na área gravitacional de um planeta. Provavelmente, só aparecerão quando você estiver fazendo uma busca local no banco de dados do DataCore. Embora os prêmios não sejam grandes, um caçador razoável pode capturar essa mercadoria de baixa qualidade repetidamente, ganhando mais com a soma desses trocados do que se passasse metade de um ano rastreando Jaarl, o Conquistador, para receber um único e grande pagamento.

Eis o que põe alguém nesta lista:

- Ajudar ou estimular atividades criminais.
- Assassinato.
- Sequestro.
- Transporte de passageiros violando as leis aduaneiras.
- Posse de arma ilegal.

Aposto que a nave de Solo é totalmente ilegal.
— Greedo

Não imagino por que Greedo estava tão preocupado comigo.
— Han Solo

- Contrabando. Geralmente trabalhos menores.
- Operar uma espaçonave modificada de maneira ilegal. Na maioria das vezes o equipamento é legal, mas alguém se esqueceu de conseguir as permissões.
- Invadir uma instalação do Império.
- Impedir o tráfego de comunicações oficiais.

RECOMPENSAS CORPORATIVAS

As recompensas do EIIC são essas, mas as regras são outras quando alguém que não o governo põe uma cabeça a prêmio. Recompensas corporativas, por exemplo, não têm quase nada a ver com segurança pública. Que tipos de crime irritam um executivo o bastante para fazê-lo contratar um caçador? Todos têm a ver com o demonstrativo dos lucros:

- Espionagem industrial.
- Roubo ou destruição de propriedade de uma companhia.
- Invasão criminal das instalações de uma companhia.
- Uso sem autorização da base de dados de uma companhia.
- Alteração mal-intencionada dos registros de uma companhia.
- Tentativa de suborno ou de intimidação dos empregados de uma companhia.
- Fazer cópias ilegais de um dispositivo com marca registrada.
- Violação do acordo de segurança de uma companhia.

As corporações não ficam nada felizes quando alguém rouba seus segredos.

RECOMPENSAS DO SUBMUNDO

Em contrapartida, recompensas do submundo são sempre uma surpresa. Você verá um monte de majordomos marcados para morrer. Eles roubaram de seus mestres ou se tornaram traidores ao testemunhar para os promotores do Império. Mas, pelo fato de boa parte dessas recompensas ser postada pelos líderes de clãs em Nal Hutta, um "crime" pode ser qualquer coisa que tenha deixado um Hutt de mau humor. Um chef que tenha posto muitas enguias fleek no pudim, por exemplo. Um domador de animais que trabalhava na masmorra que serve de alojamento para as feras no momento em que um monstro nos morreu de velhice.

Eu me lembro de um cantor, 20.000 por sua cabeça, e tudo o que ele fez foi pronunciar o termo Hutt *grantu chato* ("pessoa maravilhosa") como *grantu choto* ("nanico maravilhoso"). É claro que me senti mal ao entregá-lo para os capangas de Ziro, e suspirei ao vê-los atirá-lo pela janela da cobertura de Ziro, que fica no 700º andar. Mas um caçador esperto vai aonde estão os créditos.

Já fiz um trabalho para Ziro. Pagou quase tão bem quanto Jabba.
– Bossk

Ziro não tinha senso de humor, mas pagava bem.

AUTORIZAÇÕES DE CAÇA

Caçadores de recompensa não são justiceiros. Então, por mais que você não goste do trabalho burocrático, é necessário fazê-lo. Não há por que reclamar disso, e, além do mais, os contratantes da Guilda ficam com a maior parte do trabalho entediante. As regras governamentais são um efeito colateral de trabalhar na legalidade.

Como membro probatório da Guilda de Caçadores de Recompensa, você pode contar com o corretor de recompensa da Guilda para lhe repassar caçadas com base no seu nível de habilidade, o material necessário, o número de caçadores independentes que já trabalham no caso, o custo do combustível da espaçonave para viajar de uma jurisdição para outra e os tipos necessários de autorização. Existe um monte de autorizações.

Boba Fett anda com um CFPI? – Greedo

Todo caçador de recompensa precisa carregar um Certificado da Força de Paz do Império (CFPI) atualizado. Custa 500 créditos, a serem pagos ao Escritório Imperial de Investigações Criminais (EIIC), e está sujeito à renovação anual. Há uns vinte anos, o CFPI substituiu o Certificado de Agente da República como licença necessária para o caçador operar. Mais especificamente, ele estabelece as seguintes regras de engajamento de acordo com a lei imperial:

...le precisa. – Bossk

Duvido. – Dengar

1. Quem faz a postagem da recompensa tem direito a determinar o tratamento adequado da aquisição.
2. Ferimento, invalidez ou morte de uma aquisição só pode ocorrer caso o indivíduo não se renda.
3. Só se deve usar a força contra uma aquisição de forma clara e moderada.
4. Um caçador de recompensa licenciado não aceitará contratos ilegais, particulares ou informais que não sejam legalmente reconhecidos pelo Império.

Este último item não é surpreendente. Não se esqueça de que se trata de um documento do governo Imperial. De qualquer forma, simplesmente considerarei que nem todos os caçadores de recompensa leem até o fim e deixarei por isso mesmo.

Mantenha a calma ao atravessar a alfândega dos portos espaciais.

Com o CFPI, você também passa a ter direito de usar qualquer arma de modo irrestrito. Você pode carregar aquele rifle blaster pela alfândega dos portos espaciais sem problemas. No entanto, armas mais exóticas, como biocorruptores ou explosivos pesados, ainda podem lhe causar problemas.

Além do CFPI, todo caçador precisa de um bocado de autorizações especiais:

- A **Autorização de Alvo** lhe dá o direito de extradição para transportar uma captura através de uma fronteira setorial ou regional. Autorizações de alvo são válidas para cada caso específico, o que significa que você precisa de uma para cada aquisição que esteja perseguindo ativamente. Custam de 100 a 1.000 créditos por mês.
- A **Autorização Setorial** lhe permite operar dentro dos limites de um setor específico perseguindo uma recompensa do local. Mas o CFPI já não cobre isso? É o que você pensaria, mas lembre-se de como os burocratas apertam você até tirar sua última moeda.

Quando eu tiver minha espaçonave, conseguirei minha autorização setorial.
— Greedo

Autorizações setoriais são necessárias para recompensas de nível médio (com prêmios a partir de 10.000 créditos), e sua manutenção custa de 1.000 a 10.000 créditos por mês.

- A **Autorização de Sistema** o licencia a operar em planetas, luas e estações espaciais de um sistema estelar específico. Então você precisa de uma autorização de sistema mesmo que já tenha uma autorização setorial que cubra o mesmo território? Acredite: sim. Autorizações de sistema custam de 50 a 500 créditos por mês.
- Caso não tenha tido tempo de organizar toda a papelada antes de uma captura bem-sucedida, uma **Autorização para Captura** lhe dá permissão retroativa nos casos citados. Autorizações para captura podem salvar a sua pele, mas não as use como rede de proteção para a falta de preparo. O EIIC o extorque nas autorizações para captura exatamente por isso. Em algumas jurisdições, o valor chega a 25% do total da recompensa, e isso sai apenas da sua parte do pagamento. Não da parte da Guilda.

Algumas regiões da galáxia, entre as quais os Mundos do Núcleo e o Consórcio Hapes, são oficialmente Regiões Sem Caça. Mas isso significa apenas que você precisa subornar o funcionário certo e agir com discrição. Alguns chamam isso de "preencher a autorização obscura". Se você está a caminho de Byblos ou de outro porto em que todos são corruptos, a Guilda talvez chegue a lhe dar uma linha de crédito somente para os subornos.

O idiota que escreveu isso não se decide se subornar funcionários do Império é proibido ou necessário.
— Dengar

Alguns caçadores tentam tirar os burocratas da jogada e cruzam os setores fingindo que estão apenas de passagem. Então, transportam a captura até um setor em que não há necessidade de autorizações e reivindicam o prêmio. Caso seja descoberto, pode esperar pela prisão — e isso vai contra a política da Guilda, então não conte com seu corretor de recompensas para o pagamento da fiança.

PERSEGUINDO RECOMPENSAS MÚLTIPLAS

Nada impede que mais de um cliente ponha a prêmio a cabeça de um infeliz azarado. E nada impede que você lucre com isso.

Dostryt tem explorado essa história do Glottalphib há anos.
— Dengar

Veja um exemplo. Digamos que há um piromaníaco à solta. Talvez um Glottalphib que perdeu a voz e agora usa um pulverizador de chamas para cuspir fogo. Então, o dono de uma fábrica de colchões de penas em Hijo, que foi incendiada por esse nojento, o põe na lista de procurados. Ao fugir, sua cabeça fica outra vez a prêmio quando ele transporta em segredo um CZ-28 Flamestrike e passa pela alfândega da Estação Ichalin. Então, decide ficar quieto, mas sem querer derruba cinzas na manga do governador Imperial em Bilbringi, que se sente tão ultrajado que cria um mandado contra o incendiário por "motim contra o Império". É um dia ruim para o Glottalphib, mas bom para você, que pode ajustar tudo às suas necessidades e coletar três recompensas pelo preço de um idiota. E é por isso que temos contratantes nas Guildas.

Vou pular a parte da captura, mas digamos que você o tenha prendido no porão de carga da sua nave. A primeira escolha a fazer é onde entregá-lo e reivindicar a recompensa. A maior parte dos caçadores irá direto para o local em que a premiação é mais alta, mas um contratante que tenha

Fez uma captura? Parabéns. Agora, maximize os lucros.

farejado saberá quais clientes talvez paguem uma recompensa *secundária* com a prova da captura. Entregar o Glottalphib para o dono da fábrica lhe renderá um pagamento menor, de 50.000 créditos (enquanto o governador prometeu 60.000), mas talvez o governador esteja tão irritado com toda a situação que pagará 25.000 — uma barganha, do ponto de vista dele, só para ter o prazer de ver o holo de uma cela de prisão se fechar na frente do coitado do incendiário.

MÉTODOS DE PAGAMENTO

Após entregar a mercadoria capturada a um receptor, é hora de coletar o que lhe é devido. Caso se trate de uma recompensa pré-paga ao Escritório Imperial de Investigações Criminais, você pode receber os créditos em uma das suas agências. Em geral, os clientes habituais da Guilda de Caçadores de Recompensa fazem transferência direta para contas da Guilda. Basta mostrar o recibo para o contador, e você receberá a sua parte.

Caso precise receber pessoalmente o pagamento do cliente, exija o dinheiro em um chip de créditos à prova de hackers ou na forma de um Mandado Imperial com comprovante. No segundo caso, você poderá sacar o valor em cédulas de crédito em qualquer banco do Império.

Há diversas outras formas de pagamento, e, quando você trabalha na Orla Exterior, conhece todas. Não ria na cara de um criador de shaak que deseja lhe pagar com os animais — ao menos até checar o preço de mercado da carne de shaak. Alguns dos métodos de pagamento a seguir podem beneficiar a Guilda a longo prazo, e, no passado, todos eram aceitos como compensação pela caçada:

AINDA ME FALTAM MUITOS COMPARTIMENTOS SECRETOS. PRECISO ADQUIRIR:

- **Direito de Permanência de Objetos.** Em geral, quer dizer que você fica com quaisquer objetos que pertenciam à aquisição, o que inclui espaçonaves, armários de armazenamento — e tudo o que houver dentro deles. É uma aposta, mas suas chances aumentam quando o alvo é um engenheiro bélico ou um colecionador de obras de arte raras.

- SCANNER MOLECULAR
- DETECTOR DE ARMADILHAS
- CORTE-FUSOR A CALOR E FRIO

(CHECAR COM ROZATTA)

BOBA

- **Concessões de Terra, Autorização para Funcionamento de Minas e Direitos sobre Água.** Esses recursos são essenciais na fronteira. Por isso, planetas pobres da região fronteiriça às vezes os oferecem para pagar dívidas. Antes de tudo, tente receber créditos, mas os direitos sobre recursos podem se tornar fontes de dinheiro a longo prazo, caso a colônia permaneça o bastante, cresça e decida ficar por lá.

- **Ações Corporativas.** Não seja estúpido e aceite isso sem consultar seu contratante na Guilda. Não se deixe levar pelo quão confortáveis eram os sofás no escritório da corporação. Ações de uma companhia em processo de falência não têm valor, mas ações de uma empresa vencedora podem ser valiosas. A Guilda de Caçadores de Recompensa possui ações de algumas das corporações mais importantes da galáxia. Se Cradossk, o mestre da Guilda, exige um encontro com os presidentes das empresas Lerrimore ou Ayelixe/Krongbing, eles precisam sair das suas escrivaninhas para cumprimentá-lo.

Por que o tolo do meu pai sequer teria vontade de se encontrar com os fabricantes de droides e de tecidos?
- Bossk

A Droides Lerrimore dá desconto nos droides serventes KPR a todos os membros da Guilda.

- **Bens Preciosos.** A maioria desses itens tem um valor de mercado já estipulado, e, baseado nisso, você deve ser capaz de negociar a quantidade. Entre os bens oferecidos como moeda corrente nos mundos da Orla estão:

Especiaria. Da menos valiosa à mais valiosa, as principais variedades são andris, ryll, intensificador azul, carsunum, lesai, brilhostim e especiaria luminosa.

Cristais nova ou outras gemas comumente negociadas como moeda corrente, como nó de fogo ou pérolas brilhantes.

Metais preciosos, como o auródio.

Musgo megonite. Esse é *altamente volátil.* Transporte-o somente em armários de estase.

Joias raras, entre as quais as peças Eriaduanas trabalhadas em conchas ou qualquer coisa feita pelos Meshakianos.

Colares trançados de toumon ou tecido veda.

Gás tibanna, bruto ou refinado.

A menos que tenha um compartimento de carga refrigerado (ou uma nave muito, muito rápida), nunca aceite pagamento em alimentos luxuosos, como ovos de rikknit. Você pousará na próxima parada com uma carga sem valor e nunca conseguirá tirar o cheiro de podre do estofamento.

E não se preocupe em ser enrolado. Caçar recompensas é um negócio, e ninguém em posição de autoridade arriscará a própria posição ao ignorar por completo uma dívida legal. Se o fizerem, lembre-se de que a Guilda de Caçadores de Recompensa está ao seu lado. Ninguém, nem mesmo os canibais Zanibar de Xo, quer criar problemas com a Guilda.

A carne de Zanibar é deliciosa.
– Bossk

RECURSOS DO CONTRATANTE

A Guilda não chegou aonde está deixando dinheiro na mesa. Os contratantes da Guilda são mais espertos do que você e provavelmente ganham mais créditos também. Escute o que eles têm a dizer. Tanto quanto você, eles querem que sua caçada seja bem-sucedida.

Então, onde os contratantes obtêm informações? Há milhões de informantes e feeds de redes obscuras por aí, mas, de longe, o ativo mais estranho da Guilda é o Ninho Sombrio da Assembler. Está vagando à deriva no Espaço Selvagem, caso já tenha ouvido falar que era uma lenda espacial.

O Ninho Sombrio, ou ao menos sua configuração recente.

O ninho é grande o bastante para guardar uma espaçonave e parece uma teia em funil da aranha ginntho, mas, na verdade, seus filamentos em tons claros de cinza são cordas neurais. Parcialmente enterrada em seu centro emaranhado está a Assembler, que tece neurofibras e, com isso, liga os pequenos insetos que andam pelas paredes, fazendo deles seus olhos e ouvidos. Ao se aproximar do ninho, você verá o cintilar prateado de turbolasers e de tubos para a saída de mísseis — para o caso de ter a ideia de esmagar esse enxame de insetos em particular.

O lar da Assembler é também seu cérebro. De alguma forma, suas informações são sempre frescas, e o inseto em si é tão esperto que você fica arrepiado. A Guilda de Caçadores de Recompensa trabalhou com a Assembler e suas antecessoras por gerações, e o Ninho Sombrio é considerado terreno neutro para a recepção e a transferência de pagamentos de recompensa e para a custódia temporária de capturas. A Assembler age como uma intermediária confiável, que convenceu muitos céticos a fazer negócios com a Guilda, visto que a área de memória temporária do Ninho Sombrio os permite alegar ignorância quando uma caçada vai extraordinariamente mal.

~~ÚLTIMA LOCALIZAÇÃO: COORDENADAS -334, -698, 19, ORLA EXTERIOR, SETOR MODDELL~~ BOBA

ATUALIZAÇÃO: FOI PARA AS COORDENADAS -299, -701, -20, ESPAÇO SELVAGEM, PRÓXIMO AO DECANTADOR DE HOAG

Você não visitará o Ninho Sombrio enquanto for novato. Suas coordenadas são desconhecidas por todos, exceto por nossos principais caçadores. Mas ouvirá diversas histórias arrepiantes se ficar no saguão da Guilda e logo irá parar de esmagar insetos. Em vez disso, começará a enxotá-los de maneira educada. Eu? Bem, eu acho que o segredo da Assembler é que ela tem insetos-espiões *por todos os lugares*. Quem sabe aquele besouro à espreita não é, na verdade, um aglomerado de olhos emitindo tudo o que vê para o Ninho Sombrio?

A Guilda também tem outros segredos, e alguns dos recursos patenteados são muito bem-guardados. No cofre de dados da Guilda em Fusai, supostamente há um holorrastreador capaz de localizar a fonte de todas as transmissões da HoloNet. No começo eu não acreditei, porque as transmissões encriptadas e enviadas por militares, governo e fontes do submundo são camufladas com codificadores S-Thread e ruído de mensagem. Mas dizem que, ao ser chantageado, Gree construiu o holorrastreador para os Separatistas do setor Japrael durante as Guerras Clônicas e que a Guilda o pegou do Embaixador Lux Bonteri antes do fim da guerra. Eu mesmo nunca vi o dispositivo, mas é possível que os contratantes da Guilda o tenham usado para reunir informações de todas as minhas caçadas nos últimos vinte anos. Não tenho como saber ao certo, mas fico feliz de ter os contratantes do nosso lado.

Esse cara está escrevendo um manual ou uma coluna de fofocas? — Dengar

Às vezes, a Assembler chama a si mesma de Kud'ar Mub'at.

NOSSA HISTÓRIA

POR KENEK WEEYO,

ZELADOR-CHEFE DO MUSEU E BIBLIOTECA DA GUILDA DE CAÇADORES DE RECOMPENSA

Weeyo? Ah, não esse fanfarrão... - Bossk

Eu estou no comando do Museu e Biblioteca da Guilda há muito tempo, e, com o passar dos anos, muitos jovens caçadores de recompensa me disseram que tinham pouco interesse pela história, que estavam mais interessados no presente e nos momentos por vir. Eles se portavam como capangas contratados, mas suponho que não passassem disso. É com tristeza que digo que todos foram mortos enquanto perseguiam uma recompensa muito antes de chegarem à meia-idade, que dirá a uma cômoda aposentadoria.

Mas anime-se! A morte deles terá sido em vão apenas se você seguir esses exemplos. Nossa linha de trabalho pode levá-lo a todos os cantos da galáxia, e, se você pisar em um planeta sem saber droga nenhuma de como seus próprios antecessores caçavam e sobreviviam, é melhor pendurar no pescoço um letreiro escrito "atire em mim". Se você não deseja conhecer o passado, nunca aprenderá e, muito provavelmente, não sobreviverá.

Não escrevo isso por diversão. Caso ache melhor, pule esta parte. Será com pesar que escreverei seu nome na lista tristemente longa de estúpidos que se recusaram a entender.

Ainda comigo? Parabéns. Nossos recrutas ficam cada vez mais espertos.

O NASCIMENTO DA GUILDA

Muito antes da fundação da República Galáctica, incontáveis caçadores de recompensa perambulavam pela galáxia, rastreando aquisições. Embora muitos deles operassem por conta própria, outros tantos criavam alianças. Tanto formando equipes para abordar uma única recompensa ou cooperando continuamente com outras agências de aplicação da lei em áreas específicas do espaço, eles sabiam que era vantajoso atuar com a força dos números e poder contar com reforços.

Registros históricos dão conta de várias aparições da Guilda de Caçadores de Recompensa nos últimos 25 mil anos. Os mais antigos datam de pouco tempo depois da formação da República Galáctica, com uma guilda no sistema Kashyyyk. Em essência, essa guilda era um clube para os caçadores Trandoshanos e seus filhos, mas os Trandoshanos sentem muito orgulho do fato de que a guilda deles foi a primeira. Ao longo dos séculos, caçadores de outros sistemas formaram guildas, e algumas delas — incluindo a dos Trandoshanos — se afiliaram à Guilda dos Caçadores de Recompensa. Embora ela operasse mais como uma coalizão de associações do que como uma organização profissional unificada, relatos históricos descrevem que esse grupo de caçadores era extremamente eficiente.

Deveria ter permanecido assim. - Bossk

Quando não estão caçando ou matando, os Trandoshanos gostam de ouvir histórias de caçadas e matanças.

De vez em quando, membros da Guilda trabalhavam com os Jedi. Essas parcerias incluíam diversas caçadas durante a Grande Guerra do Hiperespaço. Algumas civilizações remotas desenvolveram a ideia errônea de que caçadores de recompensa *serviam* aos Jedi, uma perspectiva falsa que, de tempos em tempos, a Guilda ainda precisa corrigir. A Guilda não teve uma competição válida até começar a perder contratos Neimoidianos para mercenários Ganks. Embora a situação tenha feito aumentar o sentimento de solidariedade entre os membros mais disciplinados da Guilda de Caçadores de Recompensa, alguns dos mais jovens se inspiraram nos Ganks e, em segredo, começaram a vender suas habilidades para quem desse o lance mais alto. Por fim, muitos membros da Guilda se propagandeavam abertamente como mercenários, e um número alarmante deixou de pensar em honra ou dignidade. Durante a época das Guerras Mandalorianas, a organização da Guilda estava tão rachada e comprometida pela atividade mercenária que seu líder, o Trandoshano Vossk, abandonou-a de desgosto.

Enquanto a Guilda ainda estava estilhaçada por facções mercenárias, um caçador humano independente chamado Calo Nord se destacou durante a Guerra Civil Jedi. Segundo todos os relatos, Nord parecia inofensivo, mas na verdade era mortal. Vendido como escravo pelos próprios pais, ele tinha apenas 16 anos quando matou seus donos; então, rastreou os pais e também os matou. Puseram sua cabeça a prêmio, mas Nord matou todos os que o perseguiam. Ele se tornou caçador de recompensa, e, em questão de anos, seu nome era o mais temido da Orla Exterior. Ninguém contestava a crença que havia se espalhado e dava conta de que ele matara mais pessoas do que a Praga Iridiana. Dizem que Nord tinha sido morto em Tatooine, mas seu legado lançou uma sombra na profissão de caçador de recompensa. Séculos depois, a Guilda continua encontrando dificuldades para convencer os civis de que nem todos os caçadores são como Calo Nord.

Após a Batalha de Ruusan, que matou pilhas de Cavaleiros Jedi e de Lordes Sith usuários da Força, houve diversos conflitos públicos entre Jedi disfarçados e caçadores de recompensa nas Colônias e na Orla

Interior. Infelizmente, todos os conflitos se deram quando, sem saber, os Jedi e os caçadores de recompensa perseguiam os mesmos criminosos. Por isso, o Senado Galáctico propôs que os caçadores de recompensa seguissem o exemplo da Ordem Jedi e criassem um órgão regulador que os organizasse e se comunicasse com mais clareza com as outras agências de aplicação da lei.

Muitos caçadores independentes zombaram da ideia de um corpo dirigente que os organizasse, mas logo quatro líderes influentes de clãs reconheceram os aspectos práticos de haver algum tipo de sindicato. Esses líderes foram Thrassk, de Trandosha; Teesoo, de Rodia; Saya Ksi, uma Twi'lek pária; e Keekrim Pon, de Corellia. Juntos, eles escreveram o Credo dos Caçadores de Recompensa e fundaram o que se chamava na época de Nova Guilda de Caçadores de Recompensa. De acordo com a visão deles, a Guilda uniria caçadores sob regras e regulamentos específicos, ensinaria aprendizes a caçar e encorajaria caçadores a colaborar entre si. Para apaziguar o Senado, os autores do Credo também trataram de como a Guilda e a Ordem Jedi poderiam trabalhar juntas para atingir seus objetivos.

Thrassk, Teesoo, Saya Ksi e Keekrim Pon, os fundadores da Guilda.

OS RUMORES ESTAVAM ERRADOS. OS MANDALORIANOS FIZERAM O SERVIÇO PARA RETALIAR O FATO DE QUE OS CAÇADORES HUMANOS DA GUILDA HAVIAM INVADIDO O TERRITÓRIO DELES. BOBA

Muitos caçadores independentes estavam céticos com relação às chances de sucesso da Guilda, mas a atitude deles mudou ao perceberem que os membros da Guilda recebiam um pré-aviso das recompensas mais altas da República. Quanto ao trabalho da Guilda com os Jedi, as missões conjuntas foram um problema logo de cara, sem dúvida porque os Jedi viam os caçadores de recompensa como obstáculos para o objetivo deles de conquistar a República.

O incidente em Ixtlar salvou a Guilda.

Quase novecentos anos atrás, um cisma ocorreu na Guilda, quando uma facção formou uma confederação somente de humanos. Todos os membros foram mortos em uma explosão monumental que destruiu a estação espacial de Ixtlar, enquanto tentavam realizar sua primeira sessão. A causa da explosão nunca foi determinada, mas rumores insistem em sugerir que um grupo de caçadores da Guilda, o qual contava com humanos, foi responsável por matar os desertores. Após as mortes em Ixtlar, a Guilda começou uma forte campanha para recrutar caçadores de diversas espécies de toda a galáxia e promoveu a Guilda como uma organização verdadeiramente igualitária, o que persiste até hoje. Até droides são aceitos na Guilda.

Então, enquanto viaja pela galáxia a serviço da Guilda de Caçadores de Recompensa, saiba que você é parte de uma longa história de caçadores. Lembre-se de que o Museu e Biblioteca da Guilda possuiu milhares de biografias e datafitas educativas. Quanto mais aprender sobre seus antecessores e suas experiências, maior será sua chance de sobreviver a infortúnios, obter lucro e manter a Guilda forte para as gerações por vir.

UMA PROFISSÃO ANTIGA

A profissão de caçar criminosos por lucro existe há milênios. Se há um registro oficial de quando e onde se originou, eu não conheço. Mas é fácil imaginar que tenha se iniciado no primeiro planeta que apresentou todas as condições favoráveis para isso: um elemento perigoso, uma organização de aplicação da lei sobrecarregada (ou a falta de uma), armas e algum sistema monetário.

Um dos relatos mais antigos da caça de recompensa interplanetária está preservado nos hieróglifos gravados em uma parede de metal no planeta Thokos. Eles são de aproximadamente 25 milênios atrás. O texto seguinte é a tradução conhecida dos hieróglifos:

Eu vi os hieróglifos. Eles são fascinantes. — Dengar

> "Há muito tempo, um criminoso sanguinário tomou o poder no sistema Thokos. Muitos homens da lei e civis morreram tentando matar ou fugir do maníaco, e parecia não haver mais esperança. Um grupo de aldeões transmitiu um apelo a outros mundos e prometeu uma recompensa em cristais preciosos para quem ajudasse. Muitos meses se passaram até que uma forasteira de um só olho chegou em uma espaçonave carregando uma lança comprida e brilhante. Ela encontrou os aldeões e disse: 'Vou eliminar seu opressor. Mas, antes, vocês me mostrarão os cristais, para que eu veja se são autênticos.'
>
> 'Como saberemos se você nos ajudará? Como saberemos se não nos matará e roubará os cristais?'
>
> 'Eu sou uma caçadora, e não uma mentirosa, assassina ou ladra. Nossa palavra é o contrato, e eu sempre honro um contrato.'
>
> Os líderes da aldeia mostraram os cristais. A caçadora os examinou, considerou-os satisfatórios e partiu em direção ao covil do criminoso.
>
> Três dias depois, ao fim da tarde, a caçadora voltou, segurando a lança em uma das mãos e a cabeça do criminoso na outra. Ela mancava e usava a lança como bengala para guiá-la. Uma grande

A conveniente e sangrenta lenda de Thokos.

faixa cobria seu olho. 'Minha presa me cegou', disse ela, 'mas meu trabalho está feito. Vocês me darão os cristais, e peço que alguém me guie de volta à espaçonave.'

Mas o líder da aldeia viu a oportunidade de enganar a caçadora. Deu-lhe uma bolsa repleta de pedrinhas sem valor, em vez dos cristais prometidos. Esquematizando para roubar também a nave, ele disse que seu povo não poderia guiá-la de volta ao veículo até a manhã seguinte, mas a convidou a se juntar a eles e celebrar a morte do criminoso. Durante a comemoração, os aldeões não perceberam que a caçadora mancou em direção a um local escuro e levou consigo a bolsa de pedras.

Mais tarde, na mesma noite, o líder da aldeia desmoronou no chão. Os outros aldeões se curvaram sobre o corpo inconsciente e descobriram que ele fora atingido por uma única pedrinha. Então, ouviram a voz da caçadora, que vinha das sombras.

'Seu líder tentou me enganar e ficar com os cristais que eu ganhei. As lesões e a cegueira não afetaram a minha mira. Tenho muitas pedras, uma para cada um de vocês. Tragam-me os cristais, senão, quando seu líder acordar, encontrará todos vocês mortos.'

Os aldeões olharam uns para os outros. Um deles perguntou: 'Que tipo de monstro é você?'

A caçadora suspirou antes de responder: 'Não do tipo que quebraria um contrato.'"

MEU PAI ME CONTOU UMA VERSÃO DIFERENTE DESSA HISTÓRIA. OS ALDEÕES ATACARAM A CAÇADORA, QUE MATOU TODOS EM AUTODEFESA. BOBA

E para você, novato, eu digo o mesmo. Seja um monstro, se for preciso, mas seja do tipo certo. Do tipo honrado. Do tipo que a Guilda pode se orgulhar.

A CAÇA

POR RO-SAN BOROKKI,

DIRETORA DE TREINAMENTO, 18 ANOS DE ATUAÇÃO NA GUILDA

Você precisa concluir algumas caçadas somente para se qualificar a se tornar membro da Guilda de Caçadores de Recompensa. Mas, ao conseguir, você ainda não sabe *como* caçar, ao menos não no nível da Guilda. Conseguir isso, e rápido, é responsabilidade sua.

SAPI

Séculos de experiência acumulada por membros da Guilda geraram o princípio SAPI, que ainda é a melhor essência daquilo que compõe uma caçada bem-sucedida. É uma estrutura simples, mas infinitamente adaptável. No SAPI, toda caçada consiste em quatro estágios consecutivos: Seleção, Avaliação, Preparação e Implementação.

FASE 1: SELEÇÃO

A maior parte das caçadas malsucedidas já começa dessa forma, quando o caçador errado escolhe o alvo errado.

Um alvo tem um valor enorme por sua cabeça ou uma recompensa não é reivindicada há anos? Existe uma grande diferença entre saber se ele é mortal ou somente escorregadio, e se você é tão habilidoso quanto ele. Talvez você seja um bom rastreador, mas será que é do tipo certo de rastreador? Você é um batedor de florestas quando o que se precisa é de alguém que analise os dados?

Combinar caçadores e caçadas é uma especialidade da Guilda, e cumprir a Fase 1 corretamente é a grande razão de o percentual de sucesso da Guilda ser tão alto. Você nem soube, mas, ao pagar a taxa de inscrição, nós verificamos seu passado de forma meticulosa.

VIROU A CASACA. RECOMPENSA ATUAL 65.000 CRÉDITOS. VISTO
PELA ÚLTIMA VEZ NO TEMPLO DE SUA ALTEZA CHIFRUDA EM AGAMAR. B:BA

Alguém na Guilda acredita que você tem uma habilidade que pode ser útil um dia, e provavelmente não é a que você pensa. É claro que um Gamorreano é bom na luta corpo a corpo. Mas ele também é o único capaz de se infiltrar em uma pocilga enlameada de uma colônia em Gamor e acertar um chefe militar fora da lei a uma distância impressionante, e essa pode ser a verdadeira necessidade da Guilda.

Se você não for o alvo, talvez o Alto Sacerdote lhe abençoe.

Temos líderes religiosos nas nossas fileiras, entre os quais um Alto Sacerdote de Dim-U perito no uso da besta e capaz de convencer os fiéis a *se* entregarem. Temos campeões galácticos em sabacc e pazaak capazes de entrar e jogar em cassinos de alto nível, onde devedores gostam de se entocar. Tudo depende da confiança e de como podemos explorá-la.

Quem sabe você tenha crescido jogando smashball com uma criança que um dia acabará na lista dos Mais Procurados? Se isso acontecesse, você seria a melhor chance da Guilda.

FASE 2: AVALIAÇÃO

Você não tomaria uma bebida sem saber o que é. Então, por que mergulhar em uma caçada sem entender todos os riscos? Caçadores independentes que não fazem o trabalho completo nessa parte acabam mortos. Pior: ao serem mortos, indicam ao alvo que ele está sendo caçado, o que dificulta o nosso trabalho. Não faça isso.

Reserve um tempo para a Fase 2 e trabalhe em conjunto com o contratante da Guilda. Uma avaliação metódica dura semanas, de vez em quando meses, e deve permanecer em aberto pela duração da caçada, conforme você descobre informações.

No início dessa fase, o corretor de recompensa lhe sobrecarregará com todas as informações que tiver, entre as quais a biografia, o histórico profissional, os registros de naves e as coordenadas da última residência conhecida do alvo. Não espere que alguém com a cabeça a prêmio fique parado, mas você se surpreenderia com quantos cometem o erro de pedir ajuda a familiares e velhos amigos. Amplie a busca para a rede de contatos secundários do alvo.

Nos últimos anos, o Império tornou quase impossível você coçar a orelha sem deixar um rastro de dados. A HoloNet é sua amiga, e você pode contatar um analista de dados em troca de parte da recompensa. Essa parte da Fase 2 se chama rastreamento.

Um bom analista é capaz de explorar bases de dados de comunicações, sinalizar mensagens de e para o alvo, bem como usar mecanismos de reconhecimento de voz e de idioma para não ser enganado por disfarces. Os registros bancários são vastos, e, ao monitorar as contas do alvo, você é capaz de rastrear transferências de crédito e contas de bar. E os portos estelares? Seu alvo pode estar usando um pseudônimo e um registro de nave falso, mas não há muitos cargueiros YT-1500 por aí com ancoragem de garra dorsal — ao menos não muitos comandados por um Farghul de 1,5 metro de altura.

Por fim, você precisa avaliar o risco. Com base em tudo o que já descobriu, será que o alvo se renderá? Lutará até a morte? Seus amigos o abrigarão ou o entregarão?

Há um motivo por que a maior parte das recompensas na lista dos Mais Procurados é de funcionários da Aliança Rebelde. Não importa o que você pense da política dos rebeldes: eles se protegem. Além disso, têm poder de fogo para apoiar essa decisão. Você acha que o Império já não *tentou* capturar Mon Mothma ou o General Carlist Rieekan? O problema é que, depois de ver algumas

Não há nada de especial nos Rebeldes. Como qualquer um, eles morrem. - Bossk

Mon Mothma. O prêmio pela captura dela é astronômico.

centenas de TIEs serem explodidos por X-wings rebeldes, o Império descobriu que era mais fácil oferecer dinheiro do que repor maquinário.

Caso tenha dúvidas a respeito de sua caçada após avaliar o risco, pare por aqui antes de ir para a Fase 3. Não aumente as apostas se tiver cartas ruins na mão.

FASE 3: PREPARAÇÃO

Hora de se preparar. O que levar depende de seu estilo de captura. Um caçador das sombras conta com a sabotagem, destruindo as provisões do alvo e aterrorizando-o até que cometa um erro. Um caçador detector (alguns os chamam de mynocks) instalarão dispositivos de rastreamento e seguirão o alvo até um beco sem saída. Um desses caçadores precisa de equipamentos de espionagem. O outro precisa de detonadores termais.

Minha blaster é toda a preparação de que eu preciso. — Greedo

Mamãe e papai provavelmente lhe disseram para estar preparado para tudo. Eles estavam errados. Reconheça que não é capaz de fazer tudo e, em vez disso, certifique-se de cobrir o básico. Permaneça flexível. Acima de tudo, não seja pego desprevenido na única coisa em que você é bom.

Um caçador das sombras (à esquerda) e um caçador detector.

Lembre-se: com o equipamento correto, você poderá fazer sua própria sorte. (Veja "Ferramentas do Ofício", p. 73, para mais a respeito da preparação.)

FASE 4: IMPLEMENTAÇÃO

A implementação diz respeito a terminar o trabalho que você começou. Quem vê de fora pensa que é só isso que os caçadores de recompensa fazem. Ninguém entende que, quando um caçador passa semanas alinhando as três primeiras fases, a Fase 4 pode se tornar um mero trabalho de buscar e levar.

Mas provavelmente não será. Durante a fase de implementação, você de fato irá a campo. A investigação prática tomará o lugar do trabalho com os dados da Fase 2. E dois métodos que você usará bastante aqui são o suborno e a intimidação.

Às vezes, você não precisará de nenhum deles. Sócios irritados e amantes inconsoláveis lhe dirão todos os segredos que você quiser e não pedirão nada em troca, exceto a possibilidade de que você cause algum prejuízo. Ulic Qel-Droma traiu o irmão durante a Grande Guerra Sith, e você precisa encontrar *o seu* Ulic. Toda família tem um.

A Grande Guerra Sith? Isso é história antiga! - Bossk

É tudo engenharia social, e funcionará melhor se você for bom ouvinte. As pessoas gostam de se abrir com aqueles em quem confiam. No entanto, se a sua cara for horrível como a de um worrt, capaz de fazer bebês chorarem, você pode recorrer ao suborno e à intimidação.

Não importa como você faz os indivíduos falarem: você vai querer saber se eles estão mentindo. Faça o seguinte: diga que o dia está lindo e pergunte se eles concordam. Ou pergunte se o bife saltlicker é bom na espelunca em que estão. Ou pergunte qualquer outra coisa completamente chata, sobre a qual eles terão motivo zero para mentir. Isso se chama estabelecer uma conexão. Serve para ver como eles são quando não estão trabalhando contra você.

Após começar o interrogatório, procure por pistas. Estou falando de gotas de suor. Olhos astutos. Membros irrequietos. Vozes trêmulas. Uma língua bifurcada que não para de se mexer para sentir o ar. O cheiro forte dos feromônios do medo. Uma membrana pestanejante que se move e encobre a parte visível dos olhos. Explicações demais para algo simples, ou um silêncio quebrado com arrotos sem sentido. Pele ou escamas que se ruborizam quando, de forma inconsciente, o indivíduo se prepara para uma resposta que o fará lutar ou fugir. Procure também por microexpressões que darão vislumbres de terror ou alívio por uma mera fração de segundo e lhe abrirão uma janela para o verdadeiro estado mental do sujeito. Esse tipo de coisa é quase universal entre os seres inteligentes, e prestar atenção nisso não custa nada.

Nada escapa aos meus olhos. – Greedo

Não desvie o olhar durante um interrogatório. Você pode perder algo crucial.

E se você descobrir que eles estão mentindo? Bater um rosto na mesa não causará dano permanente, mas o nariz quebrado ou o olho roxo certamente mostrarão que você está falando sério. Só não tente fazer nada parecido com as tropas do Império. Você passará alguns dias em uma cela enquanto o rastro esfria.

Após seguir as pistas e identificar o local em que seu alvo está escondido, não se apresse. Antes, faça reconhecimento de campo em uma vigília na copa de uma árvore usando um par de macrobinóculos. Ou dê créditos aos locais para ouvir as fofocas sobre as idas e vindas do alvo.

Por fim, você terá de fazer a transição da observação para a neutralização. Você veste um disfarce e se aproxima do alvo como se fosse um lavador de privadas? Aciona um alarme de radiação e obriga o alvo a fugir para campo aberto? Espera a calada da noite e se esgueira usando um traje furtivo que emite ruído branco? Ou entra a passos largos pelo portão principal ao meio-dia atirando com as blasters?

Nestas páginas, não há resposta correta. Cada caçador tem uma abordagem para prender. Veja Sallow Violect, ex-Nova Guarda que ainda mantém laços de honra. De maneira espalhafatosa, ela desafia cada alvo para um confronto público e, sabe-se lá como, ainda está viva. Ou Wrencess, mestre da sedução cujos avanços nunca foram rejeitados por ninguém de espécie alguma. Passa semanas vivendo um romance com os alvos até revelar seu objetivo real.

É vital saber a hora de atacar. Quando estiver empenhado, aja com intento. Não importa o quão bem você tenha se preparado: as coisas podem dar errado. Mas a Guilda ainda pode ajudá-lo a se preparar para o pior.

COMO SOBREVIVER À CAÇADA

A Guilda de Caçadores de Recompensa investiu na sua carreira. Para ela, é importante que você se aperfeiçoe como um gerador de dinheiro, e isso significa mantê-lo vivo até que chegue a esse limiar. Cada vez que respirar o ar de um planeta estranho, você irá de encontro a algo com o qual desejaria não travar contato. Se prestar atenção a estas sugestões de como sobreviver, você poderá estender sua carreira por décadas.

COMO ESCAPAR DE UMA EMBOSCADA

Caso você se veja trocando tiros de blaster com o alvo, é porque em algum ponto as coisas tomaram um rumo ruim. Em geral, você quer entregar a aquisição viva, e não dá para fazer isso se ela estiver com um buraco na cabeça. Mas alvos de destaque costumam gastar muito no suporte. Se você fizer a pergunta errada em uma cantina lotada, talvez lhe apontem dezenas de armas enquanto a banda se esconde atrás do palco. Encontrar uma posição defensiva em um tiroteio é uma habilidade que os veteranos da Guilda aperfeiçoaram, mas os princípios básicos são estes:

- Se estiver na linha de fogo, encontre a proteção que puder. Pode ser uma mesa virada, um cadáver ou até algo decorativo. Bloquear o tiro é importante, mas bloquear o campo de visão do atirador é melhor do que nada.
- Encontre uma proteção capaz de bloquear os tiros o mais rápido que puder. Em ambiente urbano, um speeder estacionado deve mantê-lo seguro, a menos que o atirador tenha armamento de nível militar (ou a menos que um tiro a esmo perfure as células de combustível). A esquina de um edifício é mais espessa que uma única parede. Ache um lugar onde possa colocar a cabeça para fora e avistar rapidamente a localização dos inimigos.
- Ao se mover, abaixe-se e corra em zigue-zague. Dificultar que atirem em você é mais importante do que a velocidade.
- Cuidado com os explosivos que atirarem. Nada é capaz de tirá-lo da cobertura tão rápido. Se tiver detonadores termais, use-os.

Não escolha uma cobertura fraca. Seus oponentes podem atirar através delas.

O JETPACK É ÚTIL PARA FUGAS RÁPIDAS. TENHA SEMPRE UM RESERVA NOS TANQUES DE COMBUSTÍVEL. BOBA

• Se puder, vire as costas e corra. Volte quando estiver mais bem-equipado — e faça esses porcos desgraçados pagarem por terem feito você correr.

COMO DESARMAR UM INIMIGO

Ao se aproximar do alvo, você tem duas prioridades: certificar-se de que ele não pode matá-lo e de que não pode correr. O primeiro é meio que importante.

Se estiver à distância de uma luta corpo a corpo, não haverá necessidade de atirar com a blaster. Ainda assim, ela é um objeto pesado com o qual você pode bater na cabeça do alvo. É claro que o inimigo provavelmente também estará armado. Até uma hidrochave de fenda pode ser usada como clava, e alguém treinado pode estar com uma vibroespada ou uma lança de força. Há ainda alguns bêbados que podem carregar sabres de luz e fingir serem Cavaleiros Jedi. Conheci um fugitivo chamado Yadra Kunu que matou um caçador com um copo de água.

Como ele fez isso? – Greedo

Empunhar uma arma aumenta seu raio de alcance – e também o do seu inimigo.

Não foque na arma, mas no campo de ação dela e no tipo de combate. Você não consegue levar uma lança de força de volta à posição tão rápido quanto uma espada curta. Caso o inimigo tente golpeá-lo e se exponha demais, encurte a distância e lhe dê um soco rápido no rosto.

Se tiver uma lâmina, use-a. Mantenha o braço semiestendido e a arma em bloqueio a qualquer ângulo de ataque. Bata com o meio da lâmina e lute com força. Dê golpes curtos e não vá com tudo. Tente derrubar a arma das mãos dele ou corte os tendões do braço em que ele a segura.

Esqueça brigas mano a mano. Se o alvo tiver pernas, quebre-as. - Bossk

COMO LUTAR CORPO A CORPO

Mesmo que nenhum de vocês tenha armas, talvez ainda se veja em uma boa e velha briga mano a mano. Encurte a distância. Aquela coisa legal de teras kasi só vale para holovídeos. Tome um soco — não recue —, e você perderá metade da potência para golpear. Bloqueie com os antebraços. Tente socar a testa, em vez de o nariz.

Espécies que têm esqueleto possuem pontos fracos nas articulações dos membros e no que quer que chamem de caixa craniana. Soque com força para fazer o crânio chacoalhar. Chute com força para quebrar o joelho.

Dê o seu melhor no primeiro soco. Talvez você não dê o segundo.

Dê uma surra brutal o bastante, e o alvo não será mais uma ameaça — e provavelmente também não será capaz de correr. É hora de pôr as magnalgemas. A menos que você goste de limpar manchas de sangue, ponha uma lona no assoalho da sua nave antes.

COMO IMPROVISAR UM VEÍCULO

O veículo usado no campo não precisa ser seu. Se estiver com pressa, você pode requisitar um ou simplesmente "pegar emprestado".

Requisitar veículo: Na Orla, caçadores de recompensa licenciados têm autorização para pegar veículos de civis temporariamente com intuito de perseguir alvos procurados por crimes violentos. Mas saiba que nem toda autoridade local verá essa atitude da mesma forma.

Enquanto mostra o CFPI ao motorista, anuncie claramente que está usando o veículo para uma emergência legal. E deixe-o sair para então tomar o controle. Depois de tudo, você terá que compensá-lo pelo aborrecimento ou pelo custo de um veículo destruído.

"Pegar emprestado": Não é preciso dizer que furtar um veículo viola as leis locais, mas um caçador da Guilda deve pesar os riscos e julgar o que é melhor na hora.

Comece por um estacionamento, que deve ter vários landspeeders prontos para dirigir, caso você passe pelo portão de segurança. É o seguinte: com o aumento dos decodificadores baratos, em geral os cadeados nos mundos da Orla são feitos de metal ou cerâmica. Você os abre pressionando uma sequência de pinos e girando um cilindro central. Com prática e uma gazua metálica com memória, você pode abri-la.

Assim que conseguir, você pode fazer ligação direta na maior parte dos landspeeders enviando uma carga positiva à grade da turbina e uma outra à serpentina do repulsor. Isso se consegue com uma ligação cruzada da bateria central com esses dois componentes. Então, o speeder dará partida sozinho. Antes, estude um diagrama de fiação, pelo amor do Gume, a menos que deseje explodir o console ou acionar os irritantes alarmes antirroubo, que farão seu rosto inchar como a barriga de um Huttlet.

ISSO NÃO FUNCIONA NOS MODELOS POLICIAIS NO SETOR CORPORATIVO. DESCONECTE OS FIOS QUE SAEM DO GERADOR DE FAÍSCAS E, COM UMA BLASTER, LHE DÊ UMA CARGA LEVE (0,050-0,080) BOBA

Este diagrama que ensina a fazer ligação direta vem estampado no kit de ferramentas da Guilda para veículos (a partir da série 200).

COMO ABORDAR UM SPEEDER EM MOVIMENTO ESTANDO EM OUTRO VEÍCULO

Isso é mais útil do que você imaginaria. Lembre-se do básico:

- Ligue o piloto automático. Se não tiver, ou se não estiver com um parceiro que possa conduzir enquanto você pula, dê adeus ao veículo.
- Iguale altitude e velocidade. Para evitar que, no último segundo, o alvo lhe dê um golpe lateral, fique atrás, à distância de um veículo. Acelere para ficar lado a lado e planeje o pulo para o momento após largar o acelerador.
- Procure uma janela aberta. Com sorte, você destruiu ao menos uma durante o tiroteio que levou a essa situação.
- Empurre a janela com os pés e dê um leve salto em sua direção, levando em conta a resistência do vento e a velocidade.
- Arraste-se para dentro, derrube quem estiver armado e então vá em direção ao condutor. Se ele fizer uma curva com violência, talvez você seja mandado de volta por onde entrou.

Acho que uma janela aberta machucaria menos. Vivendo e aprendendo.
– Bossk

COMO ABANDONAR UM SPEEDER

Se o condutor estiver guiando rumo a uma colisão (ou se um tiro de blaster tiver queimado o painel de controle acidentalmente), talvez você precise abandonar o speeder ainda em movimento. Eis o que precisa saber:

- Certifique-se de que a saída está liberada. Uma escotilha traseira é a melhor escolha, mas, se estiver com pressa, derrube o para-brisa a tiros.
- Procure um lugar para fazer uma aterrissagem de pouco impacto. Um declive desimpedido é a melhor opção. Água, neve, grama alta e lixo em decomposição também funcionam.
- Pule o mais longe possível do speeder. Cuidado para não ficar preso aos motores traseiros ou à empenagem.
- Você estará se movendo na velocidade do veículo que acabou de deixar. Então, encolha os membros e, com uma rolagem lateral, diminua a força cinética. Já parou para pensar no motivo de alguns caçadores usarem armaduras que não parariam um tiro

Em queda? Diminua sua velocidade e torça por um milagre.

Talvez eu deva usar um jetpack o tempo todo, em caso de necessidade. — Greedo

de blaster? Eis o motivo. Sua armadura o protegerá de arranhões e perfurações, e talvez seja suficiente para absorver o impacto e evitar que você quebre uma articulação ou perca um membro.

- Se você está em um airspeeder em altitude elevada, aumente a área do corpo, estendendo membros e acessórios para aumentar a resistência contra o ar. Vire o rosto para baixo e busque coberturas vegetais, áreas com uma boa camada de neve ou pântanos enlameados e macios. Vire para essa direção inclinando os ombros. Se o impacto não o matar, é quase certo que você desmaie. Então, com sorte, um cúmplice terá rastreado a sua queda e poderá levá-lo rapidamente a um tanque de cura bacta.

COMO ABORDAR UM TREM SUSPENSO

Em planetas com atmosferas de alta pressão, como Quarzite, os habitantes se deslocam por meio de uma rede de trens subterrâneos que cruzam vastas cavernas sob a crosta. Os Guerreiros Kage de Quarzite têm técnicas próprias para ataques surpresa a esses transportes, as quais são úteis para qualquer caçador que precise abordar um trem suspenso:

- Iguale a velocidade do trem suspenso e fique lado a lado com a ligação entre dois vagões. Os Guerreiros Kage usam montarias chamadas milodons, mas você consegue o mesmo efeito com uma speeder bike.
- Salte no vão entre os vagões. Pense em usar luvas magnéticas. Caso escorregue, agarre-se à lateral do trilho.
- Escale até o topo do vagão. Você precisará se mover por toda a extensão do trem suspenso, já que, em geral, objetos de valor e VIPs ficam sob vigilância nos vagões imediatamente após o motor.
- Aguente o vento e permaneça agachado enquanto se move. Use as mãos para manter o equilíbrio.
- Cuidado com as curvas. Fique parado enquanto a direção muda e volte a se mover quando o trem tornar a andar em reta.
- Se o trem entrar em um túnel, deite-se de bruços. Por motivos de segurança, você verá que a maior parte dos túneis é projetada com pelo menos um metro de espaço livre, mas você não vai querer correr riscos a 450 quilômetros por hora.

Pelo que Borokki diz, pular em um trem suspenso parece fácil. Talvez ela devesse tentar enquanto é atacada por Guerreiros Kage.
— Dengar

Não é difícil abordar um trem suspenso, se antes você igualar a velocidade.

COMO SOBREVIVER AO ATAQUE DE UM ANIMAL

Você pode estar armado até as brânquias, mas a maioria dos carnívoros ainda ficará feliz em tentar comê-lo. Esteja na floresta, na selva ou no deserto, os animais hostis são classificados em três categorias:

Se For Maior do que Você: Pense em um rancor, um acklay ou um dragão krayt. Você já está em desvantagem por causa do tamanho; então, equilibre as chances. Caso haja onde se proteger por perto, como um tronco de árvore espesso ou uma coluna em uma masmorra Hutt, vá para o lado oposto e mantenha-se longe da fera, a uma distância em que ele não consiga usar as garras ou os dentes. Se tiver uma arma de longo alcance, mire os olhos ou os órgãos sensoriais equivalentes.

Caso isso não funcione, faça o que puder para sumir dos sentidos do monstro. Pelo fato de a maioria dos animais rastrear pelo cheiro, você pode disfarçar seu odor ao esvaziar uma granada de fumaça dentro da própria jaqueta ou esfregar graxa de carabina na pele. Ou abra uma lata de ração e arremesse-a o mais longe possível de você.

Tentei a granada de fumaça e a graxa de carabina. Não funcionaram. – Greedo

Ainda não funcionou? Jogue-se no chão e permaneça parado. Não corra. A fera é mais rápida que você.

Se você de fato for comido, ainda há uma última chance. Respire fundo antes de escorregar pela garganta da coisa e pegue sua faca (ou qualquer objeto afiado) antes de os movimentos de deglutição fazerem seus braços grudarem nas laterais do corpo. Segure a lâmina em ângulo perpendicular ao próprio corpo e arraste-a para cima. Com sorte, o monstro o cuspirá. Se não, continue prendendo a respiração até trinchar um "X" grande o bastante para passar a cabeça pelo estômago da fera.

Contra o fedor Rodiano? É claro que não funcionou! - Bossk

Se For Mais ou Menos do seu Tamanho: Pense em um gundark, um nexu ou um gohai. Só porque ele é mais ou menos do seu peso não significa que será mais fácil derrubá-lo.

Antes de tudo: não confunda uma ameaça da boca para fora com uma ameaça real. Um rosnado baixo, um ferrão que balança ou uma baba são apenas avisos, e você provavelmente sairá do apuro sem lutar. Recue

Os gohai são comuns nos ermos da Região de Expansão. Se um deles atacar, fuja.

devagar, para fora do perímetro que a criatura considera território dela. Tente não feder muito. E não saia andando a passos largos, tilintando em uma armadura de metal reluzente. Ainda estão encontrando pedaços de Elevan, o Fanfarrão, nos ninhos de rocs em Skye.

Se a ameaça for real, é melhor ser atacado por um só animal do que por um bando. Nesse caso, corra para um ponto de estrangulamento, como o topo de uma árvore ou uma caverna de passagem estreita. Os membros do bando serão obrigados a encará-lo um de cada vez.

Se for apenas um predador, e ele não for dos mais inteligentes, é possível se livrar do problema blefando. Sacuda uma capa ou um manto para fazer a silhueta do seu corpo parecer maior do que é ou atire pedras para mostrar que não está indefeso. Você também pode gritar com o animal, mas em um registro grave. Um guincho estridente é o som universal da presa ferida. Se você for um Chadra-Fan, fique de focinho calado.

Se a fera pular em sua direção, agarre-a. Enganche um dos braços em volta do pescoço dela para impedi-la de respirar. Se for aquática, soque-a na guelra. Desloque o seu peso, de modo a ficar por cima, com a fera de costas para o chão. Faça o que puder para manter garras ou presas no chão; assim, não arranharão a sua barriga. Alguns animais completamente idiotas, como os globblins, se acalmarão se você tapar seus olhos.

A maioria dos animais caçadores tentará dar uma mordida profunda no pescoço da vítima para sangrá-la até a morte, ou sufocá-la, ou morderá e sacudirá a presa com violência para quebrar a espinha dorsal. Se a criatura estiver em vantagem, dobre-se para proteger os órgãos vitais e defenda o pescoço com os braços.

Se For Menor do que Você: É possível que insetos minúsculos sejam a última coisa que você verá em vida, especialmente se eles forem venenosos ou atacarem em enxames. Pense em botflies, scurriers ou vrelts. Se for envenenado, veja GCR suplementar 7-87: *Venenos, Peçonhas e Antídotos*, para tratamento de emergência.

Se for um enxame, um lança-chamas acoplado ao pulso criará um perímetro de fogo que os fará manter distância. O mesmo truque funciona com fumaça ou toxinas de aerossol. Até uma lata de tinta spray é melhor do que nada, porque vapores como esses repelem a maior parte dos animais e podem ser acesos com uma fagulha. Só não tente isso em Shako ou outro planeta cuja atmosfera seja densa em metano.

Para fugir de um enxame, procure por esconderijos em matas altas ou tente entrar em qualquer coisa que tenha uma porta. Mergulhar na água pode funcionar, se você tiver um respirador submersível e puder permanecer por lá durante algum tempo. Se não, precisará lutar com a horda de insetos mordendo e coçando na superfície da água. Não acredita? A próxima vez que estiver na sede de Sriluur, pergunte a Ojoon "Meio-Rosto" Coi como ele ganhou esse apelido.

- OS FURA-CARNE DE UBUUGAN SÃO VULNERÁVEIS AO FOGO.
- EXCESSO DE CHAMAS EM UM ESPAÇO CONFINADO PODE CAUSAR EXPLOSÕES SECUNDÁRIAS. CUIDADO COM CÉLULAS DE COMBUSTÍVEL. BOBA

Para melhor precisão, mantenha o fogo virado para baixo.

COMO FAZER UM POUSO FORÇADO E SOBREVIVER QUANDO ESTIVER ISOLADO

Tornar-se membro da Guilda de Caçadores de Recompensa lhe dá outros benefícios, além do treinamento, da presteza e até do acesso aos equipamentos raros. Também lhe dá direito à proteção da Guilda. Em sua primeira caçada, você receberá luzes de emergência e frequências encriptadas da Guilda, os quais alertarão os membros que estejam por perto de que um deles está em grave perigo.

E por "grave perigo" quero dizer cair em um planeta inexplorado com a nave cheia de buracos, e não uma pancada com a cabeça na rampa de carga. Cair é uma das piores coisas que pode acontecer com um condutor, mas é exatamente desse tipo de situação que a Guilda pode salvar sua pele.

Lembre-se destas dicas:

- Peça ajuda no hipercom e nas frequências subespaciais da Guilda antes de entrar na área gravitacional do planeta. Depois disso, as interferências da atmosfera e da gravidade congestionarão o sinal.
- A maior parte das naves espaciais não tem aerofólios. Então, não conte com um pouso suave. Você precisará equilibrar o empuxo e a elevação dos repulsores antigravitacionais para evitar que sua nave caia como uma pedra.
- Mantenha o nível enquanto perde altitude. Procure uma grande extensão de água ou uma planície larga e lisa. Não abaixe o trem de aterrissagem — só vai fazê-lo prender no chão e quebrar.
- Prenda-se à teia de segurança da cabine.
- Após o impacto, soque o botão das luzes de emergência da Guilda no painel de controle assim que a nave se assentar.
- Se o reator da nave tiver sido violado ou se você tiver pousado na água e a nave não estiver funcionando nesse meio, pegue uma pequena luz de emergência da Guilda e fique a alguma distância dos destroços.

Agora, seu trabalho é permanecer vivo. A ajuda pode demorar horas ou semanas, dependendo de quão longe você está das vias espaciais mais importantes.

Se puder, fique perto dos destroços. Você pode se abrigar e é fácil identificá-lo do ar.

Não importa se você pousou no deserto ou em uma geleira, e pouca diferença faz se você é humano ou Patroliano. Sua primeira tarefa é encontrar água potável. Se a nave estiver intacta, carregue o máximo de água que conseguir, e drene as linhas de fluido, caso necessário. Se tiver um hidroextrator portátil, você será capaz de purificar qualquer líquido que vir pela frente na natureza, mesmo quando houver a carcaça apodrecida de um animal boiando. O hidroextrator também é capaz de extrair água a partir do ar, como se fosse um condensador de umidade, mas não conte com isso para produzir pouco mais do que o suficiente para dar alguns goles.

Se você vai andar por terra, encontre um cume para visualizar o terreno circundante. Então, desça a encosta. É mais provável que você encontre água sob terrenos com cascalho ou assentamentos de colonos na foz de um rio. Veja onde há revoadas de aves e onde circulam tankers de balões de gás, pois pode ser um litoral.

Encontre uma vara comprida. Ela facilitará a caminhada, ajudará você a manter animais selvagens a distância e certamente evitará atoleiros de protoplasma. Não ande durante o dia nas áreas quentes, ou durante a noite nas frias. Você pode fazer uma fogueira colocando a potência da blaster no mínimo e mantendo o gatilho apertado, mas, se estiver em terreno hostil, a fumaça talvez atraia atenção indesejada.

Notificar o Comando Rebelde a respeito dos sinais de resgate dos caçadores de recompensa. — Han Solo

Se vir algo que pareça uma nave de resgate, sinalize com a blaster. Dois tiros, uma pausa, depois mais dois tiros.

Lembre-se de que seus companheiros estarão lá para protegê-lo, mas não são idiotas. Eles merecem ser bem-pagos por salvar sua vida. Assim que estiver recuperado, um contratante da Guilda examinará o plano e o cronograma com o qual você compensará a Guilda pelo equipamento destruído e pelas horas perdidas, longe das operações de caça.

COMO CURAR FERIDAS

Caçar na orla da galáxia não lhe proporciona muitas chances de aproveitar uma cama limpa ou uma boa refeição. E pode esquecer: você não encontrará um médico decente. Em uma viagem a Ord Vaxal, meu parceiro Nirittu Kotta entrou na faca com um androide cirurgião DD-13 enferrujado, o qual era mantido pela xerife do planeta em seu barracão. Ele mancava por ter sido ferido na coxa e dez minutos depois levantou uma perna mais leve. Você pode evitar esse tipo de carnificina da fronteira se aprender a estabilizar ferimentos pelo tempo suficiente para chegar a um centro médico onde todos saibam o que estão fazendo.

Tiro de blaster: A grande dúvida é a profundidade do ferimento. Um tiro de raspão causará queimadura na pele e dano nos tecidos devido ao plasma ionizado, mas não haverá perda de sangue. Evite que infeccione tirando o metal da armadura que derreteu na pele (não seja estúpido e arranque a própria carne) e envolva a região com um curativo esterilizado, como o HapTex, ou ao menos um pedaço de pano limpo.

Aplique um emplastro de kolto se tiver um, já que kolto é melhor do que bacta para regenerar tecido queimado. E tome algo para a dor. Renan Irongut é o meu analgésico preferido, engarrafado em destilarias.

Um tiro profundo significa que você precisará se preocupar com sangramento. Sua blaster não servirá para cauterizar uma ferida mais grave. Então, um Aqualish sangrará até morrer em minutos. Tente parar o sangramento com pressão direta ou pressionando uma artéria. Caso o tiro seja em um membro, uma opção drástica é o torniquete (envolva a área em um pano e use uma vara para girá-lo como uma manivela e apertá-lo). Isso criará tanta pressão que o fluxo de sangue parará por completo, mas você também pode perder o membro. A menos que seja um Trandoshano. Esses sortudos regeneram e economizam uma fortuna em partes ciborgues.

Seres mecanizados são perdedores. - Bossk

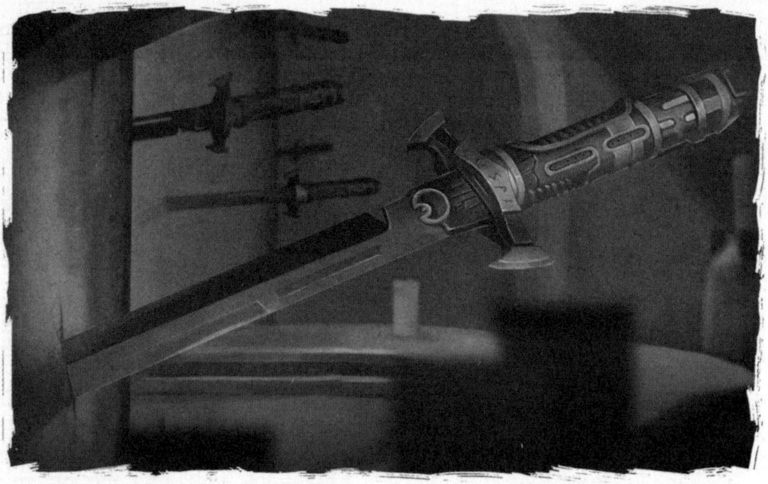

A cantina de Skine. Eles consertam as paredes todo mês.

Perfurado ou esfaqueado: Siga os procedimentos do tratamento a uma ferida profunda de blaster — quer dizer: a menos que a arma ainda esteja cravada em seu corpo. Se uma flecha ou um punhal estiver cravado, provavelmente estará segurando as suas entranhas.

É por isso que as vibroarmas são tão mortais. O gume sussurrante da lâmina mantém o corte enquanto as células de energia aguentarem. Os membros da Guilda em Skine cravavam as vibrofacas no alto da parede da cantina quando apareciam para beber, e, após três ou quatro rodadas, o dono da faca que tivesse se movido menos pagava a conta.

Enfim, caso tenha havido chance de perfuração em algum órgão vital, não tente arrancar uma arma padrão de seu corpo. Quebre-a o mais próximo possível da pele e enrole um pano firme em volta da lesão para prevenir que o toco se mova. Um kit médico bem-abastecido terá uma lata de spray plasto, que pode ser usada como bandagem.

Membro quebrado: Tendo endoesqueleto ou exoesqueleto, caso você frature um membro que aguente peso, provavelmente não estará em condições de caçar. Imobilize a área quebrada para evitar que as pontas quebradas sofram atrito. Faça duas talas longas e retas. Você pode usar varas longas, antenas da HoloNet, qualquer coisa. Amarre-as firme no membro.

Se você esvaziar toda a lata de uma vez, é possível fazer uma atadura a partir de spray plasto. E, caso a sua nave tenha um compartimento médico, talvez você ache uma bandagem de pressão gravitacional Sluissi, que usa microrrepulsores para estabilizar toda a transversal do membro ferido e para prevenir hemorragia interna.

Se você não tem tempo a perder na cura, os Verpine criaram algo chamado malha de carapaça. É uma pasta de cálcio que forma uma cola molecular assim que sai do tubo e que, de maneira tosca, remenda um osso em cerca de cinco minutos. O problema é que é feito para insectoides. Caso deseje suturar um osso em um envoltório de carne, você precisará injetar a pasta de cálcio. Dói pra caramba; então, tome *duas* doses de Irongut antes.

Cuidado com a malha de carapaça. Se usar demais, você acabará com o membro.

Envenenamento: Às vezes, criaturas com cores vivas estão cheias de armas químicas. Um animal é capaz de injetar veneno com uma mordida, ou atirar espinhos tóxicos que atravessam a pele. Ou cuspir uma massa venenosa que é absorvida pelos seus poros ou talvez até emanar um miasma que invada a sua boca e as suas narinas. Caso tenha sido envenenado e esteja sozinho, siga estes passos:

- Mesmo que tenha matado a coisa que o atingiu, fuja. Talvez haja um companheiro, ou, por reflexo, ela possa mordê-lo durante os últimos espasmos antes de morrer.
- Caso tenha engolido ou inalado o veneno, tente vomitar o que estiver no estômago. Cheirar o pó explosivo encontrado na tampa de vedação contra água da sua blaster pode ajudá-lo a limpar suas vias aéreas.
- Se a mordida for em um dos membros, mantenha-o abaixado, em nível abaixo do coração. Evite movimentos bruscos, que façam o sangue bombear.
- Envolva o membro com bandagem de pressão entre o coração e o local da mordida. Aquela bandagem gravitacional Sluissi e seus microrrepulsores seriam perfeitos aqui.
- Caso ache que o veneno é de uma vespa-de-fogo, corte a carne na área da ferida até achar o ferrão. Você não vai querer que o casulo ecloda. E não se esqueça: vespas-de-fogo não são as únicas coisas a se reproduzir dessa forma.
- Se a ferida começar a inchar, remova a armadura. Uma vez vi um Mandaloriano alérgico a veneno de inseto-bolha que se recusou a tirar o peitoral em nome da honra de Mando'a. O primeiro que vi morrer sufocado por causa da teimosia.

NOTA: INVESTIGAR CUSTO E EFETIVIDADE DE ANTI-INFLAMATÓRIOS NÃO PERECÍVEIS.
BOBA

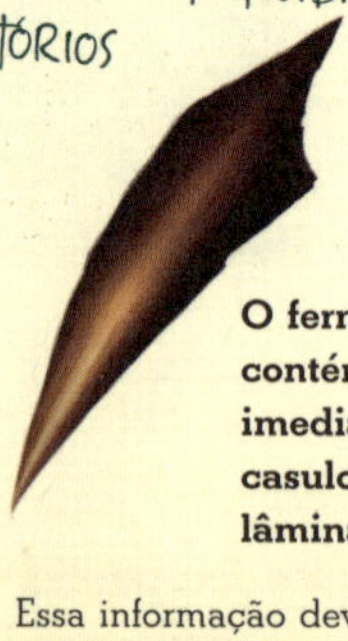

O ferrão (imagem aumentada) contém um casulo. Remova imediatamente os ferrões e os casulos incrustados com uma lâmina afiada ou um bisturi a laser.

Essa informação deve estar no seu datapad, mas não custa nada memorizá-la.

FERRAMENTAS DO OFÍCIO

POR CHENTU CHEK,
CHEFE DO DEPÓSITO DE ARMAS, 23 ANOS
DE ATUAÇÃO NA GUILDA

O que você carrega é tão importante quanto o que sabe. Não inicie um trabalho antes de reabastecer a bolsa de suprimentos. E aí vai um conselho de alguém experiente: toda vez que receber por uma caçada, reinvista parte do pagamento em novos equipamentos. A Guilda também aluga ou arrenda materiais especiais. Bons equipamentos não melhoram um mau caçador, mas um equipamento ruim é um peso para qualquer caçador, até para você.

Às vezes, seu contratante fará sugestões antes da sua partida. Em um trabalho aquático em Mon Cala, por exemplo, você precisará de um tanque de ar, um purgador de nitrogênio e um lançador de arpões. Uma perseguição às pressas através das crateras de Magmar dará errado, a menos que você esteja carregando um filtro espectral de banda estreita e uma armadura mista testada em forno para aguentar temperaturas de até 1.700 graus. Você pode retirar equipamentos especializados com o chefe do depósito de armas de uma sede, mas qualquer dano será subtraído do seu depósito. Se você quebrá-lo, só lhe resta torcer para que a recompensa que receber faça a viagem ser lucrativa. Melhor ainda: não quebre.

Seu equipamento deve se adequar à caçada e ao seu estilo. O que você encontrará nesta seção são apenas amostras para lhe dar um ponto de partida. Para se aprofundar, veja GCR suplementar 2-02: *Inventário do Arsenal da Guilda*.

DISPOSITIVOS DE RASTREAMENTO

Quando se fala de rastreadores, deve-se considerar o risco e a recompensa, e isso é algo sobre o qual os caçadores adoram discutir. Por um lado, digamos que um rastreador seja descoberto, ou que você o tenha acoplado à nave errada. Bem, você acabou de desperdiçar uma pilha de créditos. Por outro, se o dispositivo funcionar, você pulará praticamente toda a fase de Avaliação e seguirá o alvo até o rincão do Braço Tingel.

Dispositivos de rastreamento também são conhecidos como sinais teleguiados ou grampos, e funcionam ao enviar sinais nos mesmos canais S-thread — mais rápidos que a luz — que formam a HoloNet. Mesmo no hiperespaço, um rastreador seguro pode, em segredo, enviar um sinal para o receptor de hiperonda mais próximo, o que lhe permitirá descobrir em que sistema ou setor se encontra o grampo. E, assim que tiver saído do hiperespaço e chegado à área, você será capaz de fixar o sinal com ainda mais precisão ao trocar para frequências subespaciais.

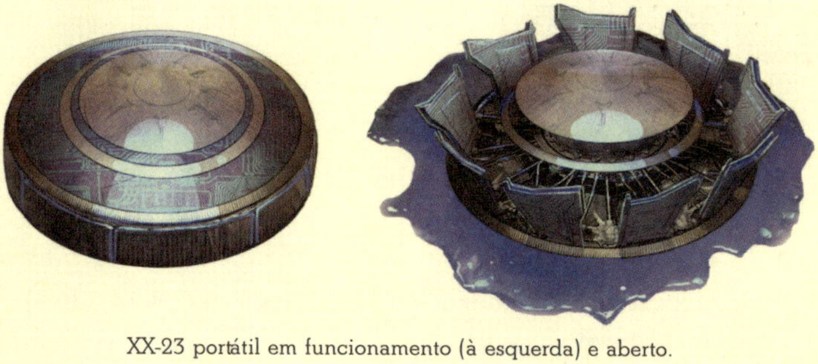

XX-23 portátil em funcionamento (à esquerda) e aberto.

Alta Qualidade: O XX-23, da Neuro-Savv, é um rastreador capaz de levar uma surra e continuar funcionando. Se você o atirar no casco de uma espaçonave, ele se anexará com uma ligação molecular quase inquebrável. Além disso, quando os motores da nave do alvo estiverem ligados, o rastreador se reenergizará a partir das emissões de calor e radiação. Isso torna o XX-23 praticamente impossível de detectar com uma varredura antirrastreador padrão. A unidade custa 4.400 créditos, e, sim, você paga do seu bolso. A Guilda não tem como emprestar um desses sabendo que há grande risco de que não seja recuperado.

Baixa Qualidade: O rastreamento não precisa parar quando seu alvo vai para a superfície de um planeta. A menos que você consiga olhar para a grama no chão e saber para onde o alvo foi, pense em comprar um rastreador de superfície como o Rover, da Astroserver (1.000 créditos). Pode-se prendê-lo a um landspeeder ou escondê-lo em uma bolsa de carga. Aonde quer que ele vá, usará frequências eletromagnéticas para transmitir a distância, a velocidade e a direção para o receptor portátil.

Talvez alguém no covil do Jabba possa negociar um Rover comigo. — Greedo

EQUIPAMENTO DE VIGILÂNCIA

Às vezes, você não precisa seguir o alvo, mas ainda assim quer saber o que ele está planejando. Eu? Bem, eu gosto de dar alguns créditos ao atendente do bar, que provavelmente ouviu bastante coisa. Mas, se você prefere agir de forma mais sorrateira para resolver seus problemas, veja isto:

Alta Qualidade: O Olho Voador, da Loronar (1.400 créditos), é um dispositivo de gravação com um motor de repulsor e quatro garras que aderem a paredes e tetos. Com ele posicionado, você é capaz de ouvir ao sintonizar a frequência correta em seu fone de ouvido. Pelo fato de que quando alguém vê o Olho Voador sabe de cara que está sendo perseguido, alguns preferem a Mariposa Lunar, da Arakyd. É basicamente um droide inseto com o equipamento do Olho Voador que apresenta uma rotina de movimentos, fazendo-o flutuar e ir em direção a fontes emissoras de luz. Também conta com um detector de ameaças para distanciá-lo do alcance de golpes e proteger seu investimento de 2.800 créditos. Caso compre um, não se anime a ponto de esquecer que precisa fazê-lo parecer nativo. As asas programáveis da Mariposa Lunar têm cores que variam do amarelo-areia de Socorro ao fosforescente de Felucia.

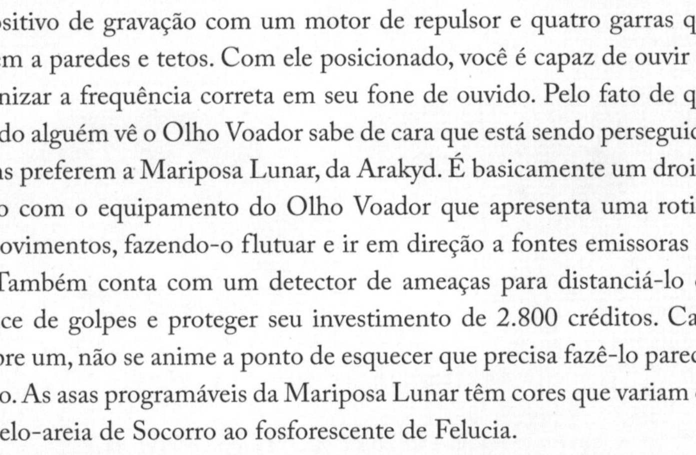

Olho Voador, da Loronar (esquerda), e Mariposa Lunar, da Arakyd.

Baixa Qualidade: Nas adegas de muitas sedes da Guilda, atrás das caixas da Reserva de Whyren e das garrafas vazias de cerveja Gizer, lá onde a luz não bate e a água goteja das paredes, é onde você encontrará as mimbranas. Tire uma da fenda, e você terá um equipamento de escuta gratuito e praticamente indetectável. A Guilda descobriu esses alimentadores sonoros na lua Q'nithiana e, desde então, tem sido esperta e desenvolvido suas próprias colônias. Largue uma mimbrana perto do seu alvo, e ela absorverá todo e qualquer som. Depois, ao espremê-la, cuspirá tudo o que "comeu", reproduzindo o áudio perfeitamente. Pelo fato de ser um animal (ou uma planta — não sou especialista), ela não tem componentes eletrônicos detectáveis, em caso de uma varredura antirrastreador. Mas você não terá imagens da área, e, às vezes, o som capturado pela mimbrana é tão confuso que não se pode distinguir vozes. E, aviso: se um Skrilling esfomeado farejá-la, vai engoli-la por inteiro.

As mimbranas são tão falíveis quanto baratas.
— Dengar

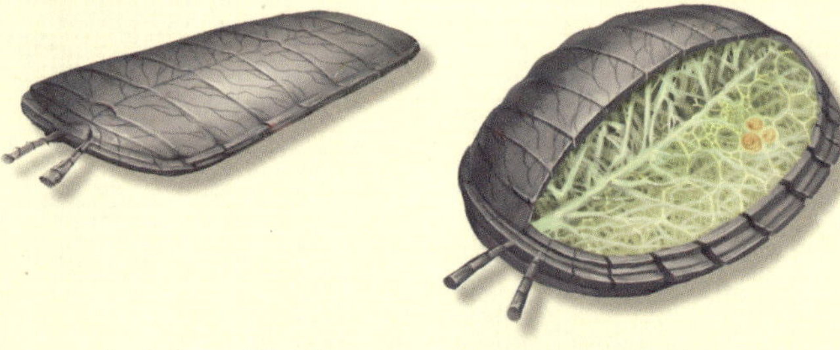

A mimbrana Q'nithiana é praticamente indetectável.

FERRAMENTAS DE ANÁLISE DE DADOS

A maioria das pesquisas que você faz durante a fase de Avaliação é completamente legal e relativamente segura. O trabalho de campo, nem tanto. Os computadores podem tornar a obtenção de dados algo bem menos arriscado, e por sorte todos têm uma falha fatal: a porta de interface. Um computador que pode ser roubado é um computador que pode ser hackeado.

Um droide pode se plugar em uma porta de interface com o braço de ligação scomp, e você é capaz de fazer o mesmo com um cilindro de códigos. Ora, é possível que um computador que armazena segredos valiosos tenha, como contramedida, um soquete de proteção, o qual descarregará uma corrente elétrica no seu dispositivo e talvez o faça explodir. Mas, se você for capaz de passar da tela de autenticação e entrar na rede do computador, terá bastante poder ao alcance dos dedos. Será capaz de desligar redes de energia, verificar feeds de observação, acionar alarmes, copiar registros de dados ou até causar uma grande explosão ao sobrecarregar o reator de fusão.

Alta Qualidade: Se quiser uma abordagem mais sutil, pense seriamente em um analista droide. Às vezes, unidades R2 e outros droides astromecânicos são capazes de sentir o caminho em redes de segurança (bem como planejar seus saltos hiperespaciais e calibrar seus acoplamentos de energia). Mas os astromecânicos não foram construídos para analisar dados. Em vez disso, verifique o catálogo de produtos da MerenData, e você encontrará muitas opções, a maior parte delas com garantia contra falha com soquete de proteção. O top de linha é o B2-X, também da MerenData. Esse processador positrônico cabe na palma da mão, então você pode carregá-lo no cinto ou escondê-lo à vista de todos, como componente de um equipamento maior. Se o B2-X for ligado na porta de uma interface, ele invadirá qualquer coisa, até um sistema de encriptação da Mandalmatrix. A MerenData só produz o B2-X sob demanda, e um deles lhe custará quase 60.000 créditos.

Baixa Qualidade: Uma haste recuperadora de dados é uma boa escolha, caso você seja mais um guerreiro do que um especialista em tecnologia. Hastes sobrecarregam o sistema uma vez, ao enchê-lo de dados inúteis. Cada um custa 1.500 créditos. Com isso, você entra em uma rede na marra, mas eles causarão dano permanente ao terminal, e será tão fácil notar que alguém mexeu no local que até um gussul cego poderá ver.

O BL-17 ERA COMPETENTE E VERSÁTIL. TENHO QUE ARRANJAR UM NOVO DROIDE APÓS O TRABALHO EM MECHIS. BoBA

SPEEDERS COM REPULSOR

Quanto tiver rastreado o alvo em terra firme, você vai querer observar o terreno e seguir pistas. Talvez também precise perseguir um fugitivo, ou até escapar de uma turba aos berros atrás do seu sangue. Caso tenha seu próprio speeder, você estará seguro.

Mas que speeder? Airspeeder, landspeeder ou speeder bike? Além do óbvio — escolha o que pode pagar —, leve em conta o que você pode carregar. E o que pode *carregá-lo*. Um speeder bike cabe até em um pequeno cargueiro, caso você o prenda ao teto com engates magnéticos. Mas um airspeeder? Melhor esquecer.

Qualquer que seja o tipo de speeder com o qual acabe, você deve gastar muito mais com os upgrades do que ao escolhê-lo. Tanto airspeeders quanto landspeeders têm estrutura para suportar ao menos duas coisas da seguinte lista:

- Arpão magnético
- Ferramenta de corte a laser
- Serra circular para cortar casco
- Feixe de tração para puxar carga
- Lança-mísseis de concussão (com padrões de tiro em linha e espalhado)
- Sistema antiadulteração de 8.000 volts
- Ferraduras frontais para banthas
- Silenciador de motor
- Lançador de rede eletrificada da Conner
- Vaporizador adesivo Stokhli
- Vaporizador de cortina de fumaça
- Dispositivo para despistar rastreamento
- Holofotes de feixe alto para cargueiros White Dwarf

Quero todos esses no meu speeder.
— Greedo

Eu vi Greedo cair duas vezes do speeder. E estava estacionado!
- Bossk

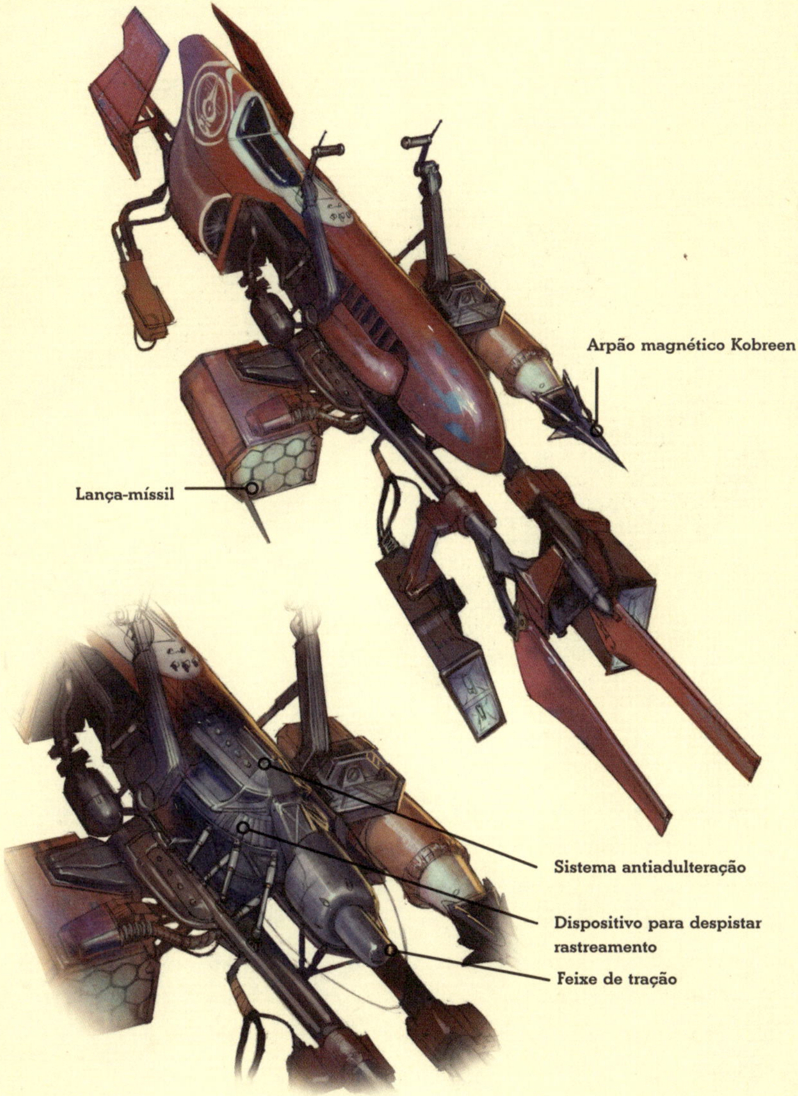

Um speeder com os upgrades certos: melhorado, não sobrecarregado.

AIRSPEEDERS

A menos que esteja no meio de um cruzeiro em um iate estelar, você provavelmente não terá espaço na nave para um airspeeder. Mas, caso tenha, o cockpit fechado e o alcance estendido do airspeeder o tornam um quartel-general móvel bem útil para operações em planetas.

Um T-47, da Incom (alto), e um Orbitblade 2000. Um lança-mísseis de concussão no bico é o padrão no transporte espacial da Zzip.

Alta Qualidade: O Orbitblade 2000, da Zzip, é tão novo que você provavelmente terá de comprá-lo diretamente da fábrica (espere pagar algo em torno de 120.000 créditos). Sua velocidade máxima é de 1.050km/h. Ele vem com um lança-mísseis de concussão e é modular. Ou seja, você pode montá-lo do jeito que lhe vier à mente. Sua blindagem é comparável à do T-47, mas o cockpit tem vedação ao ambiente externo. Portanto, não precisa se preocupar com vapores venenosos, mesmo quando estiver caçando em Drackmar.

Baixa Qualidade: O T-47, da Incom, é um modelo padrão de cargueiro, motivo pelo qual você pode encontrar um usado por menos de 6.500

Aquelas crianças arrogantes que pilotam os T-47 no Cânion do Mendigo dariam um bom alvo para treinamento.
— Greedo

créditos. Sua velocidade máxima é de 650km/h, e seu chassis aguenta qualquer tranco. Muitos dos T-47 de segunda mão têm um par de canhões de blaster apontados para a frente, e dá para jurar que eles já vêm de fábrica. Tecnicamente, o T-47 é um airspeeder para duas pessoas, mas o segundo assento só está lá para alguém que trabalhe no cabo do reboque. A maior parte dos caçadores arranca o assento extra e o substitui por um armário ou uma gaiola de contenção.

LANDSPEEDERS

Você perde todo um eixo de movimento ao descer para um landspeeder, porque seus repulsores só dão um impulso vertical de cerca de um metro. Mas viajar por terra é o suficiente em nove a cada dez vezes, e, se a sua pista o levar até a Cidade das Nuvens, você poderá alugar um airspeeder.

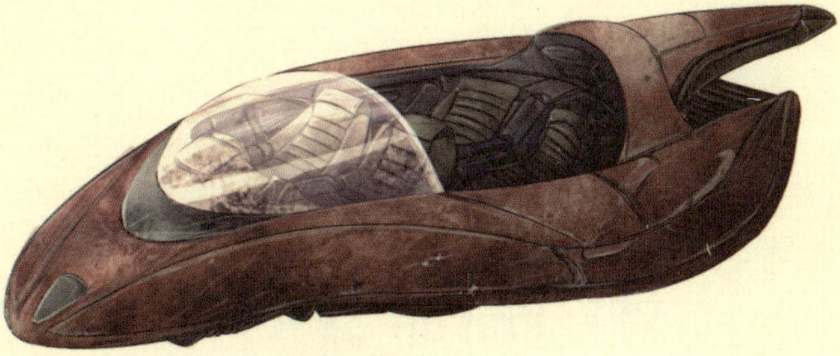

Um LUX-3, da MandalMotors (alto), e um V-35, da SoroSuub

REPAROS E UPGRADES EM LANDSPEEDER:
- GARAGEM DO TAMJA, SOCORRO: INSTALEI AS TURBINAS U-TRIP 225X
- COLMEIA STALGASIN, GEONOSIS: INSTALEI O CANHÃO SÔNICO COM CAPOTA
- PORTO WHISPER, VONTOR: O MECÂNICO ENCONTROU A ORIGEM DO BARULHO PERSISTENTE E ACABOU COM ELE

BOBA

Alta Qualidade: A MandalMotors produz veículos legais, mas, na comparação custo/benefício, o LUX-3 é o melhor investimento. Ele é bem-lacrado como o Orbitblade e pode flutuar a três metros do chão, o que é excepcionalmente alto para um landspeeder e bom o bastante para saltar muitos obstáculos. As maiores qualidades do LUX-3 são suas turbinas gêmeas a jato, que o permitem alcançar 620km/h. Ele também conta com sensores preventivos de terreno, que lhe dão algo parecido com uma premonição de problemas à frente. Um LUX-3 novo custa 80.000 créditos, mas a Guilda tem uma frota de modelos equipados com mísseis nas sedes de Tatooine, Terminus e Porto Haven. Ligue um deles, e vai parecer que alguém deu a largada para uma corrida de pods.

Baixa Qualidade: O V-35 Courier, da SoroSuub, é tão comum que ninguém presta atenção nele. Eles estão por toda parte, então são praticamente invisíveis. Um V-35 pode custar 1.500 créditos, e uma manhã perdida mexendo nele e trocando partes usadas o fará chegar à velocidade máxima de 120km/h. Pelo fato de a cabine de piloto/passageiro ser fechada, você pode trocar a capota de plástico por uma de transpariaço colorido e transformar a barganha que adquiriu num porão em um tanque à prova de blaster.

SPEEDER BIKES

A maioria dos caçadores chega à Guilda com ao menos alguma experiência com as swoops. Você sabe, corridas ilegais e, talvez, alguns problemas com a lei. Mas ouça: as swoops não têm equilíbrio, são só velocidade e estilo, em vez de um desempenho confiável. Escolha um speeder bike personalizado em vez de uma swoop construída em um desmanche, ou você parecerá um rebelde qualquer da Orla.

Rebelde qualquer da Orla? Chentu Chek e eu vamos ter uma conversin sobre iss — Dengar

Alta Qualidade: O Ikas-Adno está no mercado de speeders há séculos, e talvez o 88-R Nightscreamer seja o melhor que seus servos artesãos já tenham montado. Sua velocidade máxima é um suicídio: 750km/h. Além disso, ele gera um escudo de partículas na parte frontal, o qual desvia vento e areia e até muda de rumo para evitar colisões em um relance. Inicialmente, o Nightscreamer custa 11.500 créditos, e um pacote padrão de pós-compra adicionará um par de canhões rebaixados de blaster e um emissor traseiro de nuvem de estilhaços. Ative esse emissor quando tiver um vilão colado na sua traseira, e juro que você nunca mais subestimará o efeito causado por fragmentos de metal no rosto. O Nightscreamer também permite a instalação de carro lateral, o qual pode ser útil para carregar seu analista droide ou para transportar a sua aquisição amarrada.

Baixa Qualidade: O 74-Z, da Aratech, é antigo e confiável. É o speeder bike usado pelos troopers batedores do Império, e o modelo militar vem com um canhão de blaster virado para a frente. Com tantos Squibs em busca deles nos campos de batalha para consertá-los e vendê-los, é fácil comprar esses modelos no mercado invisível por apenas 1.800 créditos. Sua velocidade máxima é de 500km/h, mas ele não oferece proteção alguma contra tiros de blaster ou insetos. Para aqueles que quase não têm créditos, é possível roubar partes de um BARC speeder da época das Guerras Clônicas e montar o seu próprio por custo quase zero.

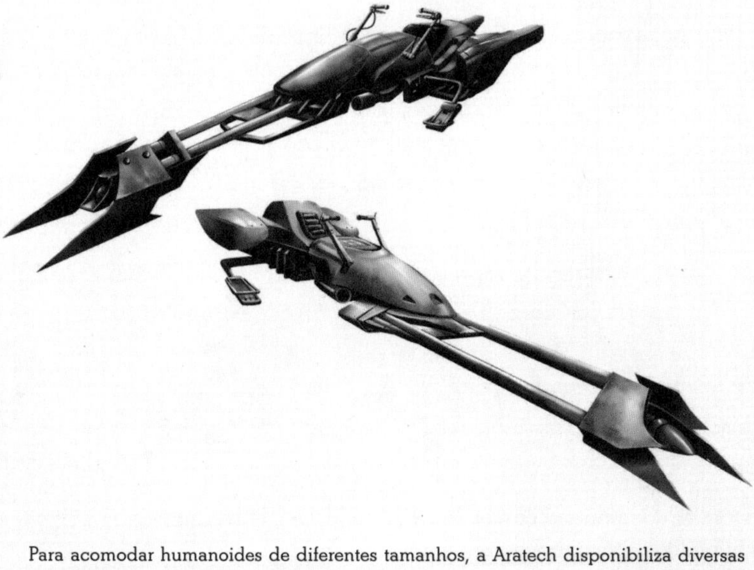

Para acomodar humanoides de diferentes tamanhos, a Aratech disponibiliza diversas opções para controles, propulsores e para energia de repulsor no speeder bike 74-Z.

ARMADILHAS PARA ALVOS

Esses itens podem mudar a sorte a seu favor se você estiver perseguindo um fugitivo ou alguém escondido. Você verá que, muitas vezes, uma armadilha bem-feita é mais importante do que uma blaster grande.

Pistolas de captura são excelentes para pegar fugitivos.

Pistola de captura: Excelente para impedir a fuga de um alvo, mas inútil em um tiroteio de verdade, você só precisa da pistola de captura Salus na bolsa de equipamentos quando estiver atrás de alvos que provavelmente não tenham apoio. Uma pistola de captura lhe custará aproximadamente 900 créditos e atira três fios de durawire interligados com pesos nas pontas. Caso acerte, os fios se enrolarão firmemente em volta do alvo.

Lança-redes: Ela lhe dá mais área de efeito do que uma pistola de captura. Lançadas com uma explosão, as redes (que custam mais ou menos 200 créditos cada) são comprimidas em revestimentos de granada, o que significa que você pode carregá-la em praticamente qualquer arma para lançá-la. Atire acima do alvo, e não *nele*, a menos que deseje que o impacto da granada o derrube antes de a rede abrir.

Armadilha humana: Essa é boa porque imobiliza sem causar lesão imediata. Os Ubrikkianos fazem uma que custa 8.000 créditos. A armadilha humana é uma placa de metal de um metro quadrado com geradores de campo gravitacional que amplificam a gravidade local em dez vezes. Quando alguém pisa em uma placa, é puxado para baixo e preso ao chão até que você vá coletá-lo. Mas não demore o dia todo. Tempo demais na armadilha fará com que os órgãos do alvo comecem a vazar.

Biocasulo: Eis uma armadilha que me dá calafrios de verdade. É uma superfície plástica saturada de culturas inativas de sementes de kivilol. Um passo, e esses grãos saem do estado de dormência. Em segundos, eles se reproduzem em duas, quatro, oito, dezesseis vezes, e, num piscar de olhos, uma massa rastejante de coisas microscópicas está subindo pela perna do alvo, comendo tudo por onde passa. O pobre coitado morrerá em menos de um minuto; então, tire-o rápido. Você pode comprar um biocasulo da Dendratis Exports por 2.000 créditos, mas lembre-se: o biocasulo é uma arma biológica restrita. Toda vez que passa pela alfândega, você precisa pagar um suborno.

Se você não usar o biocasulo em um ano, suas culturas morrerão.

Sensor de movimento: Se o alvo estiver entocado, você vai querer saber o momento em que ele finalmente decidir escapar. Um sensor de movimento é barato e fácil de armar, e meia dúzia de sensores projetará uma rede invisível e sensível a vibrações. Você pode calibrá-los para evitar que qualquer mosca de cereais passe e os acione, mas isso significa que não funcionará muito bem em ambiente urbano — você passará o dia atrás de mendigos de rua e droides de serviço. A Neuro-Savv produz um bom conjunto pela barganha de aproximadamente 50 créditos.

CONTROLE DE MULTIDÕES

Armas que atingem muitas pessoas ao mesmo tempo são escolhas questionáveis para caçadores de recompensa. Elas são indiscriminadas, e os caçadores devem pensar em como capturar um a um, e não em como dizimar. Mas, se você vai abordar diversas naves, elas podem ser úteis.

Rifle de pulso: A cada tiro, o VES-700 (a salgados 5.000 créditos), da Corondexx, libera centenas de rajadas de íons minúsculos em um arco de 60 graus. Esses íons sobrecarregarão aparelhos eletrônicos e confundirão sistemas nervosos biológicos. É um pesadelo fazer a manutenção dos filamentos supercondutores no cano do Corondexx, e com o tempo você se verá tão absorto na tarefa de manter a coisa funcionando quanto no pensamento de por que o comprou, para começo de conversa.

Deck-sweeper: Se você quer controlar multidões, mas não pode comprar um rifle de pulso, a deck-sweeper, da Merr-Sonn, é a melhor blaster de atordoamento e amplo alcance para você. Seu disparo forma um arco de 45 graus a um alcance aproximado de cinco metros. Qualquer um além disso não ficará inconsciente, mas os corredores apertados das naves arrebanham seus inimigos para o campo de ação da blaster. A Merr-Sonn produz a deck-sweeper para a tropa de choque do Império, mas você pode encontrá-la no mercado invisível por 500 créditos.

Lança-dardos: Esta é uma arma militar antipessoal produzida pela Golan Arms para as milícias nos planetas das Extensões Ocidentais. Há diversos modelos disponíveis a partir de 800 créditos, mas eu não me daria ao trabalho, a não ser que planejasse matar muita gente. Seu recipiente de dardos irrompe em um spray de microdardos, e se isso não lhe soa mal é porque você nunca viu a carnificina que um ataque de dardo a curta distância provoca. Escolha suas batalhas com cuidado e lembre-se de que caçadores de recompensa não devem causar mais danos do que o necessário. Deixe isso para os piratas e os traficantes de escravos.

Embaralhador ABQ: Essa arma sobrepuja uma granada de luz em todos os sentidos. Quando acionado, ela emite um guincho ultrassônico desorientante e solta uma nuvem de produtos químicos que causam irritação.

MODERNIZEI AS CONTRAMEDIDAS DO ABQ NA ARMADURA, ALÉM DE TER FEITO VÁRIOS BACKUPS. B☐BA

Dependendo de que tipo de órgãos seu alvo usa para orientação, ele pode começar a cambalear em círculos ou cair de joelhos e vomitar. ABQ significa "aural, biológico e químico", e você faz o dinheiro gasto valer nos três casos. A Loronar vende cada um a 500 créditos e em forma de granada.

Granada de composto: A Merr-Sonn as produz para o Setor Corporativo, para que os valentões da polícia de lá sejam capazes de cercar os protestantes anticompanhias antes de arrebentar seus crânios. Muitas granadas de composto são vendidas como contrabando, e você pode comprar uma G-20 por uns 275 créditos. Ao explodir, ela espalha uma espuma adesiva que se solidifica em segundos.

Nada como acertar a polícia com suas próprias granadas.
— Dengar

Um alvo peludo não gostará de ter que limpar uma granada de composto, mas isso não é problema seu.

Isso é o que um traje dublê faz. Se você conseguir fazê-lo funcionar.

ITENS DE DEFESA

É possível escrever um livro inteiro sobre armaduras (e nós escrevemos: ver suplemento 2-04 do GCR: *Opções e Configurações de Armaduras da Guilda*), então aqui vão mais algumas opções defensivas que talvez você não saiba que existam. Não sou fã de algumas delas, portanto, enquanto escolhe entre essas opções, leve em conta a opinião de um caçador veterano.

Manto atordoante: Você percebe que alguém está vestindo um manto atordoante pelo brilho das fibras metálicas no tecido. O manto gruda na pele por eletrostática. Então, ao tocá-lo, você precisará balançar o braço feito um louco para soltá-lo. E é assim que se ativa a carga elétrica do manto, que dará um choque capaz de levantá-lo do chão. Os Koromondianos fazem um manto que dá três descargas e custa 1.500 créditos. Talvez eu já tenha sofrido isso muitas vezes, mas juro que gostaria de alinhar todos os designers da companhia e dar um soco na cara de cada um.

Um dos Gamorranos de Jabba tomou o meu, mas vou pegá-lo de volta.
— Greedo

Traje dublê: Não sou de usar tecnologias para caçar, mas, quando olho para o traje dublê, me lembro de tudo o que tem acontecido de ruim com a nossa orgulhosa arte. O traje dublê, da Corellidyne, usa um gravador e projetor de holovídeo para copiar a sua imagem e emitir um sósia holográfico em outro lugar, na expectativa de atrair fogo inimigo. Pelos 30.000 créditos que isso custa, você poderia comprar 200 cartuchos de munição explosiva, 50 caixas de brandy de Savareen ou pagar um longo fim de semana no balneário de Nuswatta. E qualquer uma dessas opções terá mais impacto na sua atividade de caça do que esses brinquedos.

Bastão atordoante: Quem não gostaria de ter um taco robusto que libere uma baixa carga atordoante a cada vez que acerta um inimigo? Cai perfeitamente bem no comprimento do braço. E ainda há um bônus: pelo fato de a Merr-Sonn fabricá-los para as forças policiais planetárias, você tem autorização para andar com um deles, já que é um agente da lei licenciado com CFPI. Os 300 créditos pagos por um desses já quase valem a pena só pelo fato de nunca se ter problema ao passar com ele pelas alfândegas dos portos espaciais.

ARMAS DE LONGO ALCANCE

Todo caçador precisa de uma, já que todo caçador precisa dar tiros de longa distância. Mas há muita diferença entre uma blaster e uma arma para dardos. Veja os exemplos a seguir.

Rifle blaster: A essa altura, você provavelmente já encontrou um rifle blaster que se adeque ao seu estilo. Portanto, se quiser mais poder de fogo, pense em um equipamento híbrido. Você pode montar facilmente um lançador de microgranadas abaixo do cano da maioria dos rifles, o que lhe dará uma opção de grande coice sem precisar trocar de armas. O lançador por repetição usa propulsão magnética para mandar granadas a um arco de 200 metros. Para ter um modelo "tudo em um" já de fábrica, escolha o AXM-50 "Explode e Quebra", da Prax Arms, por 4.500 créditos. Câmaras de granada novas custarão mais 1.000 créditos cada.

BOM EQUILÍBRIO ENTRE PODER DE FOGO, PRECISÃO E PESO:
- EE-3 RIFLE CARABINA
- FIRESTAR 10-K
- RIFLE CAÇA-ESCALPO, DA WERR-SONN

BOBA

Uma blaster pesada pode ser incômoda, mas você vai gostar do seu poder de fogo.

Pistola blaster pesada: Se você deseja fazer um upgrade na sua pistola, a Thunderer T-6, da BlasTech, é uma arma corpulenta e mortal que tem feito estrago acima dos limites de segurança. Custa 750 créditos direto do fabricante, mas só o fator intimidação já faz valer a pena. Deixe uma Thunderer à mostra quando se acomodar em um bar, e nem mesmo um Abyssin bêbado comprará briga com você.

Blaster de bolso: Ter uma pistola blaster como essa escondida pode salvar a sua vida. É pequena o bastante para ficar oculta em uma bota, em uma manga ou na parte de trás da cintura de sua roupa, e pode ser a sua última linha de defesa contra um valentão que aponte uma arma para a sua cabeça. A Quickfire (650 créditos), da Merr-Sonn, cabe na palma da sua mão, mas tem o poder de fogo de uma pistola blaster de tamanho normal. E esse é o problema. Pelo fato de a célula de energia da Quickfire ser forte o bastante para aparecer no scanner de armas, talvez você precise trocá-la por uma célula com um ou dois tiros, cujo padrão de energia mal seja detectável.

Se disruptores são estúpidos, por que Boba Fett usa uma Tenloss DXR-4? — Greedo

Pistola disruptora: Disruptores rasgam tecido orgânico em nível molecular e são ilegais em todos os planetas do Império. Não me importa se você quer matar, capturar ou sei lá o quê — disruptores são armas estúpidas para um caçador, porque não deixam restos mortais identificáveis. Nunca vi um cliente que pague por uma caixa de cinzas. Não compre uma e não pergunte onde se pode comprar. Só lhe trará sofrimento.

É UMA DXR-6, E NÃO 4, E O CHEFE DO DEPÓSITO DE ARMAS DA GUILDA É QUE É ESTÚPIDO. BOBA

Rifle lança-projétil: Em geral, as blasters ganham batalhas atirando balas, mas há alguns casos em que você deve ser antiquado e escolher um bom e velho lança-projétil em vez de um rifle blaster moderno. Por exemplo, quando precisa passar com um rifle por um scanner de armas. Ou quando a propriedade do seu alvo é protegida por escudos de energia, mas não por escudos de partícula. Só se certifique de não ser antiquado *demais*. Considere algo como o HB-4, da Prax Arms. Esse rifle de projéteis custa 1.500 créditos, tem alcance de um quilômetro e mantém conexão com a bala ao transmitir um feixe de luz estreito e de curta explosão. O equipamento envia dados com direções para a bala após o disparo. Por isso, enquanto mantiver o inimigo na mira, é quase garantido que o tiro seja letal. O que é bom, porque o HB-4 não foi desenhado para atirar rápido, e é pouco provável que você tenha tempo de recarregá-lo.

Às vezes, o básico é o melhor.

Inibidor neural: Comprar um é bem caro (5.000, pelo Mennotor 430, mais 750 créditos para a munição), mas ser capaz de paralisar seus alvos a longa distância faz o investimento valer a pena. Um inibidor neural atira dardos carregados de neurotoxinas, que interrompem o controle muscular do alvo por cerca de dez minutos. Muitas sedes da Guilda permitem o aluguel dos que estão no inventário, mas, a menos que tenha a precisão de um atirador de elite, talvez você não esteja pronto para o desafio.

EQUIPAMENTO ESPECIALIZADO

Algumas coisas são difíceis de caracterizar, mas ainda podem ser a diferença entre uma caçada bem-sucedida e um fracasso completo. Este é só o começo dos tipos de peças que você pode ter, se tiver créditos para isso.

Gaiola de força: Espero que você não pense que pode conter a sua mercadoria apenas com as magnalgemas. Uma gaiola de força não ocupa muito espaço, já que você pode dobrar a sua moldura de cerâmica e guardá-la. Montada, a gaiola de força forma uma cela de quatro metros de altura por dois de largura, com um campo de energia projetado através dos espaços vazios na estrutura que dá um choque desagradável em qualquer um que seja idiota o bastante para tocá-la de dentro. A Damorind Securities produz uma popular por uns 7.000 créditos. Aviso: algumas espécies, como os Parwanos, têm auras bioelétricas que lhes permite abrir caminho, contanto que aguentem a dor. Amarre-os com mais força.

Uma gaiola de força barata e dobrável se paga no primeiro trabalho.

Lança-cordas: Escalar paredes é apenas uma das coisas que você pode fazer com um bom lança-cordas. Tente amarrar uma corda entre dois edifícios para se locomover em silêncio de um telhado para outro, ou use o seu sistema de polia como guincho improvisado para transportar cargas pesadas. Certa vez eu vi um Selkath praticando pesca esportiva

UM CHICOTE DISPARADO PELA MANOPLA CUMPRE O MESMO PROPÓSITO. A EXTENSÃO DO CHICOTE É UM PROBLEMA. LEVAR CARRETEL NA BOLSA? PESO OK? BºBA

com uma garra e levando o que pescava até a praia com a linha. O lança-cordas Verti-Go, da Susuax, custa apenas 400 créditos e vem com uma variedade de garras, incluindo a magnética e a de adesão molecular. O lançador a gás faz um pouco mais de barulho do que eu gostaria, e seu motor de ascensão é estridente como um Sneevel — mas nada disso é desculpa para não ter um desses no seu kit de campo.

Aríete Squib: Não, não é feito pelos Squibs que reviram lixo, graças ao espaço. A Indústria Pesada Fegegrish deu ao seu aríete molecular o nome desses ladrões peludos porque os Squibs conseguem entrar em qualquer coisa que não tenha fechadura quádrupla. Segure a ponta do aríete contra uma porta ou muro, e seus pulsos de energia modulada enfraquecerão a composição interna. Quando a luz do indicador ficar verde, recue com o aríete e golpeie o alvo com a maior força possível. Lembre-se de sair de perto do buraco que fez, caso ache que o inimigo possa responder com tiros de blaster. Custa 3.500 créditos, e ligá-lo é extremamente cansativo.

Intensificador de visão ultrassônico: Nem todos nascemos da mesma espécie, e nem todos temos os mesmos dons. Você pode reclamar ou fazer algo para equilibrar as coisas. Os Gotals, por exemplo, conseguem sentir todo um universo eletromagnético com os cones em suas cabeças. Conheci um Gotal que perdeu os olhos para uma ave Jubba e ainda assim seguiu um flitgnat durante uma tempestade. Você também pode gastar 12.500 créditos em um pintor ultrassônico como o fabricado pela Traxes Bioelectronics. Ele mede as assinaturas sônicas de alta frequência e as apresenta como imagens tridimensionais no seu lobo occipital (ou seja lá qual for seu aglomerado neural para a visão). Custo do implante não incluído.

Embaralhador de voz: Essa pequena bugiganga atira um bloco de áudio contra espiões e se parece com uma joia. O modelo da Ulkop Securities que custa 600 créditos projeta no campo, em uma área de três metros, uma distorção de baixa frequência que faz sua voz soar como uma bagunça para qualquer gravador orgânico ou eletrônico fora da bolha. O aparelho não funciona contra telepatas, apesar de poucos Horteks terem sobrevivido ao extermínio da Marinha Imperial ao seu planeta natal, então eles não são mais uma ameaça.

Botas repulsoras: Talvez você goste de correr riscos e tenha alta tolerância a ossos quebrados. Bem, elas são exatamente isso que você está pensando: botas com espirais antigravitacionais nas solas. Com elas, equilibrar-se é um grande problema, e é fácil escorregar e perder o controle como um sled movido a foguetes girando como um cata-vento em um lago congelado. Mas as botas repulsoras podem ser úteis para passar por áreas pantanosas, e os comandos Nimbus de Jabiim provaram que é possível se tornar expert em se equilibrar nelas. A Corgolath produz botas que o levarão a 150 metros de altura por aproximadamente 550 créditos. Dobre o preço se for quadrúpede.

Botas repulsoras com espirais. Só para baixas altitudes.

Para-asas: Eras atrás, nas fossas de lixo de Coruscant, pilotos ilegais criaram uma máquina capaz de fazer alguém voar a partir de aerofólios retirados do lixo e repulsores de baixa energia. Não me surpreende que a Inteligência do Império tenha demorado tanto a copiar a ideia, mas, para ser franco, o modelo que criaram tem menos chances de matar o usuário. Essa engenhoca é um par de asas dobradas com um mecanismo repulsor integrado em anexo a um arreio, o qual você guia com os movimentos do corpo. Dizem que ele é seguro para uma altitude de cinco quilômetros, mas eu não o recomendaria para outra coisa que não fosse fazer reconhecimento ou uma fuga de emergência. Custo? É militar, então você não pode pagar. Se quiser alugar um dos nossos, fale com o seu contratante da Guilda e exponha o seu caso.

As para-asas ainda estão em fase de teste. Não peça uma se não for capaz de guiá-la.

AS VANTAGENS DE SER MEMBRO DA GUILDA

POR RATAK RAAM'LUK, CHEFE DO DEPARTAMENTO PESSOAL, CONSELHEIRO DA GUILDA DE CAÇADORES DE RECOMPENSA

Não há nada de errado em ser um caçador independente. De verdade. Se você gosta de descobrir informações a respeito de recompensas postadas recentemente, de ir atrás de receptores para pegar a recompensa, de contar créditos enquanto se protege, de separar parte das finanças para manutenção das armas e da nave, e de planejar *de vez em quando* a aposentadoria enquanto persegue aquisições, então, fique à vontade para continuar assim.

Caso seja tão estúpido que não tenha entendido a mensagem: a maioria dos caçadores independentes tem tanta coisa para fazer que passa a maior parte do tempo *não* caçando. É claro que alguns independentes lhe dirão o quanto economizam por não pagar as anuidades da Guilda, ou por não dividir percentuais de caçadas, mas, em vez de ouvir esses caçadores, dê uma boa olhada no que eles têm a mostrar pelo tempo gasto e pelo esforço feito. Você percebe dores nas articulações e problemas nas costas? Pele com cicatrizes e próteses de terceira categoria? Armas antiquadas e naves ultrapassadas que estão a um passo da pilha de lixo? Honestamente, você quer acabar assim também?

Talvez isto o surpreenda, mas a Guilda não está na ativa só para lucrar com a captura de criminosos. A primeira função da Guilda é dar apoio aos seus membros em todos os aspectos do trabalho. Se você não passa a maior parte do tempo ensacando aquisições, está perdendo dinheiro.

Ainda acha que ser independente é o melhor caminho? Fique à vontade. Mas, caso seja *esperto*, você se tornará membro da Guilda de Caçadores de Recompensa.

Quer saber as vantagens específicas de se tornar membro da Guilda? Continue a leitura e aprenda alguma coisa.

EQUIPAMENTO

A Guilda de Caçadores de Recompensa oferece equipamento e suprimentos a todos os membros. O equipamento inclui tudo, desde o que é indispensável para operar em atmosferas únicas e em ambientes planetários até naves da própria Guilda e transporte particular subsidiado. Já que, em geral, os benefícios que provêm de uma caçada bem-sucedida compensam o custo de negociar, a maioria dos equipamentos é fornecida de graça. Se você precisar de itens caros ou especiais para uma caçada, a Guilda alugará o equipamento a um preço fixo, e o valor poderá ser deduzido de recompensas futuras.

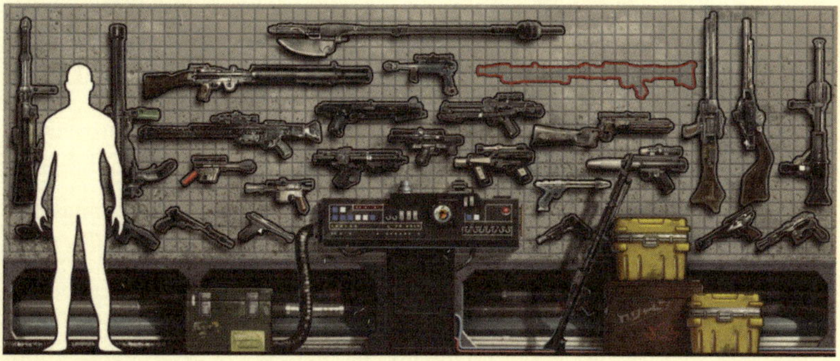

Os funcionários do depósito de armas podem lhe prover o armamento certo para qualquer trabalho.

INFORMAÇÃO

A Guilda é muito mais do que uma "agência de recompensas". É uma fornecedora completa de informações. Quando um de seus membros recebe a tarefa de perseguir uma aquisição, a Guilda se certifica de que ele tenha os dados mais precisos à disposição. Você receberá atualizações frequentes sobre recompensas atuais, detalhes adicionais a respeito dos métodos de operação do sujeito, hábitos pessoais, pseudônimos e comparsas, além da última localização conhecida. Esse serviço se estende às guildas afiliadas que permitem a caça freelance, dando aos caçadores ainda mais margem de lucro ao perseguir suas aquisições.

MEDIAÇÃO

Vou avisá-lo quando começar a me importar com civis indignados.
- Bossk

Digamos que esteja em um planeta remoto e que um civil indignado lhe diga que você excedeu a sua autoridade ao capturar ou matar uma aquisição. Antes de responder, outro local afirma que tem direito a parte da recompensa porque o direcionou para a cantina onde a aquisição se encontrava. Então, surge o receptor, um burocrata que decide reter o pagamento por causa de uma questão técnica. Digamos também que os três falastrões têm conexões com gente poderosa. Seria um tremendo erro resolver a disputa com a blaster. Por mais que fosse adorar encher esses caras de tiros, você pode acabar em pedaços, e *certamente* não receberá a recompensa. É assim mesmo que quer viver?

Caso seja um caçador independente e solitário nessa situação, você estará verdadeiramente sozinho, amigo. Mas, se você pertence à Guilda — que conta com funcionários preparados para agir como seus intermediários e representantes legais, além de milhares de outros caçadores se coçando para ficar entre você e quaisquer chatos intrometidos que queiram a sua recompensa —, pode apostar até o seu último crédito que esses encrenqueiros vão pensar duas vezes antes de fazê-lo perder tempo.

RECIPROCIDADE

A Guilda de Caçadores de Recompensa e suas afiliadas têm fortes laços com as instituições de aplicação da lei em muitos planetas, e essas organizações mantêm diversos acordos de reciprocidade. O que isso quer dizer para os membros da Guilda? Caso você se arrisque pelo território de outro cartel, poderá solicitar ajuda do cartel local e esperar assistência. Os custos dessa ajuda são pagos pela Guilda e deduzidos (com juros) de quaisquer recompensas vindouras. Certifique-se de especificar todos os custos e pagar as dívidas, e todos conviverão bem.

REPAROS

Perdeu um conjunto de sensores durante uma perseguição através de um cinturão de asteroides? Quebrou o rifle blaster na cabeça de um criminoso fugitivo? Amassou o landspeeder enquanto esmagava uma aquisição contra a parede? Se for membro da Guilda, não se preocupe. Porque, em geral, qualquer dano feito a bens pessoais ou da Guilda, de blasters a espaçonaves, pode ser consertado por um valor muito baixo, ou de graça. A maioria dos reparos é feita em portos espaciais ou em estaleiros dirigidos por membros da Guilda. Se uma instalação da Guilda não for conveniente, quase todas as lojas ou guilda de remessa da região ficarão contentes em fazer o conserto em troca de serviços. Para estender os serviços de reparo por uma pequena taxa, pode-se fazer acordos com governos locais ou planetários. A Guilda cuidará de você e de suas coisas, permitindo-lhe se concentrar em capturar as aquisições.

Tenho de dar crédito: os mecânicos da Guilda fizeram um ótimo trabalho na minha JumpMaster 5000. — Dengar

REPUTAÇÃO

Por que o Império recruta a Guilda de Caçadores de Recompensa para perseguir aquisições? E por que continua indo atrás da Guilda? Seria

A forte propaganda da Guilda garante que os nossos caçadores sejam respeitados por toda a galáxia.

porque somos lindos? Não, é por causa da nossa reputação. Como membro da Guilda, você faz parte dessa reputação.

Ao contrário da maioria dos independentes, a Guilda conta com um orçamento para propaganda. Gostamos de fazer com que a galáxia conheça o nosso profissionalismo e os feitos dos nossos membros, e a propaganda ajuda a tornar a Guilda mais aceitável para o público geral. Nossos membros mais bem-sucedidos conseguem taxas especiais para caçadas particularmente delicadas ou perigosas, e isso deve encorajar você a dar também o melhor de si em nome da Guilda.

A próxima vez que o Império estabelecer uma recompensa especialmente lucrativa, pode acreditar que eles não darão o contrato para qualquer agência de aplicação da lei. Eles darão à Guilda, porque a nossa reputação faz por merecer.

APOSENTADORIA

Essa palavra me faz querer matar tudo ao alcance da minha blaster. – Bossk

A maioria dos caçadores não começa a carreira planejando a aposentadoria. Isso é culpa deles mesmos. Quanto a você, se acha que o melhor jeito de morrer é em um momento de glória, por que simplesmente não vai em direção a uma emboscada e acaba logo com tudo? Com sorte, talvez sobreviva e acabe morrendo em um asilo com outros perdedores.

Sim, caçar recompensas é um ofício com alta taxa de mortalidade. No entanto, a Guilda tem histórico comprovado em treinar e dar apoio a caçadores que querem sobreviver até a aposentadoria, o que, em geral, ocorre muito antes do que em outras profissões. A Guilda acredita que caçadores leais devem ser recompensados pelos anos de serviço, motivo pelo qual oferecemos um pacote generoso de benefícios que lhe permite viver bem muito após ter entregado a última aquisição.

E caso as suas habilidades permaneçam afiadas e você não esteja pronto para pendurar as blasters? A Guilda também oferece contratos lucrativos como instrutor, além de dicas, aos que tenham disposição e capacidade de treinar novos caçadores. Ao transmitir conhecimento a uma nova geração de membros da Guilda, pode apostar que a sua "aposentadoria" estará longe de acabar. Na verdade, será o começo de uma carreira nova e altamente valorizada.

IMUNIDADE

Caso um membro tenha problemas com um agente de um porto espacial ou um membro de outro cartel, a Guilda pode oferecer imunidade e defender o caçador de acusações suspeitas. Quando se trata de prestar contas e lidar com governos interplanetários ou outras agências de aplicação da lei, os membros da Guilda contam com uma grande vantagem sobre o cidadão comum. Isso porque o Império reconhece que necessita dos caçadores de recompensa e dá à Guilda certo grau de autonomia para governar os nossos membros.

Mas fique sabendo que a Guilda tem seu próprio sistema interno de justiça e punição, e a maioria das leis galácticas se aplica a membros da Guilda, incluindo as estabelecidas pelo Império. Caso você agrida um funcionário do Império ou se recuse a aceitar uma ordem direta do governador de um planeta, também pode esquecer a imunidade da Guilda. Se acredita que tem uma queixa legítima contra alguém do Império, leve o assunto para um mediador da Guilda. Os funcionários Imperiais têm direito a observar os procedimentos criminais da Guilda para se certificar de que a justiça da Guilda sirva ao interesse do Império. É justo? Não me pergunte. Só sei que, se não fosse pelo Império, provavelmente todos nós teríamos sido escravizados pelos Jedi a essa altura.

Em suma, a Guilda não pode protegê-lo de tudo e de todos. Você é responsável pelas suas ações. Mas, se precisar de assistência jurídica ou de um esconderijo para ficar em paz, a Guilda não o desapontará.

Boa observação! — Greedo

TREINAMENTO

Já foi mencionado que os caçadores aposentados podem se tornar professores para treinar membros da Guilda, mas esse treinamento não se limita a caçadores jovens. Mesmo veteranos — os inteligentes — estão ávidos por melhorar as habilidades, aprender técnicas, testar novas armas.

A Guilda oferece treinamento a todos os membros e os encoraja a tirar máximo proveito dos recursos do treino.

Seguindo o exemplo dos caçadores Trandoshanos e Rodianos, que mantêm áreas reservadas para caçadores em seus próprios sistemas estelares, a Guilda tem, entre seus recursos, instalações de treino em diversos planetas. Elas contam com uma equipe de instrutores com bastante experiência em tudo, desde rastreamento e camuflagem até pontaria e demolição. Por meio de um acordo com as autoridades do Império, a Guilda também tem acesso praticamente ilimitado a treinamento em três propriedades antes usadas pelos Jedi como casas capitulares. Suas localizações são mantidas em segredo bem-guardado e conhecidas apenas por membros da Guilda e por uma facção seleta de funcionários do Império.

KAMPARAS, BOGDEN 3, TELOS

BOBA

Em geral, os treinadores da Guilda são ex-militares.

OPORTUNIDADES DE EMPREGO

POR 2T-DS, ASSISTENTE PESSOAL
DO DIRETOR-GERAL ASSOCIADO DE CONTAS

Caso esteja se perguntando, sim, eu sou um droide, mas também sou um caçador licenciado pela Guilda. Já obtive recompensas por 209 sacos de carne e estive na lista dos dez maiores salários da Guilda por três anos seguidos antes de me juntar à equipe administrativa. Não vou me dar ao trabalho de perguntar o que *você* tem feito ultimamente.

Mesmo que ele conseguisse milhões de recompensa eu ainda odiaria droides.
- Bossk

Embora você seja obrigado a aceitar e conduzir toda e qualquer operação que o contratante da Guilda lhe der, não há desculpa para ficar sentado, esperando a recompensa cair no seu colo. Enquanto se lembrar de que a Guilda tem direito a um percentual de qualquer recompensa, não há nada que o impeça de encontrar outras oportunidades de caça para aumentar a sua reputação e acumular dinheiro.

Minha intenção é mostrar não só como procurar clientes em potencial, mas o que você precisa saber sobre os diversos interesses financeiros e legais dos clientes a respeito da postagem de recompensas. O dinheiro e a lei também são do seu interesse; portanto, conhecê-los é o seu trabalho.

SERVIÇOS DE INFORMAÇÃO

Para obter informações que o ajudarão a realizar o seu trabalho, você tem duas opções principais: o DataCore de Execução do Império e as agências de postagem. Ambos fornecem dados que foram verificados e aprovados por diversas autoridades planetárias e Imperiais, mas cada um tem as suas vantagens. Nesta seção, você aprenderá a respeito das várias fontes de informação. Seus colegas estão longe de ser as suas únicas fontes. Do porto espacial mais próximo até as mais remotas estações planetárias, você encontrará quem fale demais (com e sem permissão). Tire proveito disso e escute com atenção. Nunca se sabe de onde pode vir uma boa pista.

Se o zelador da Cantina não começar a contar o que sabe, vou parar de dar dinheiro a ele.
— Greedo

Fontes de informação em potencial:

- Pilotos estelares
- Técnicos
- Mecânicos
- Atendentes de bar
- Droides de serviço
- Indivíduos diversos às margens de uma sociedade que cumpre a lei

DATACORE DE EXECUÇÃO DO IMPÉRIO

O Escritório Imperial de Investigações Criminais (EIIC) serve de governo central para caçadores. Quase todo planeta do Império tem agências do EIIC, ou ao menos uma estação, na qual os caçadores adquirem o Certificado da Força de Paz do Império (CFPI) e outras permissões necessárias, além de entregar aquisições. Cada mundo tem o seu "painel" para o DataCore de Execução do Império, uma rede galáctica de informações que funciona como a lista oficial de todas as recompensas legais e registradas. Em planetas mais remotos, o DataCore também é acessado nos escritórios de Execução do Império, dos agentes da lei locais, nas agências de licenciamento e registro, nas estações de comunicados públicos e de notícias e em organizações governamentais e municípios diversos.

Como membro da Guilda, você tem acesso ao DataCore. Fique avisado: os dados de cada painel do DataCore variam de um planeta para outro. Todos listam as postagens para os mais procurados, além das galácticas, mas as outras listas são para recompensas locais pertinentes ao planeta em questão, bem como para recompensas em geral no sistema, no setor ou na região do planeta. Em outras palavras, não espere ter acesso a todo o DataCore a partir de um simples painel. Se o EIIC listasse todas as recompensas da galáxia em um único painel, os caçadores perderiam tempo peneirando muitos dados sobre recompensas distantes.

O menu inicial do DataCore lista apenas o nome da aquisição e o valor da recompensa. Se quiser os pormenores das acusações criminais contra a aquisição, a identidade de quem oferece a recompensa ou o local do receptor, você terá de pagar. Em geral, as agências do EIIC cobram uma média de 13,5 créditos por hora de acesso ao DataCore e 5 créditos para obter todos os dados de uma postagem de recompensa.

Se estiver rastreando um criminoso que seja objeto de uma recompensa legal, mas ele estiver em alguma área de galáxia onde a recompensa não está listada nos painéis locais do DataCore, você terá de fornecer prova da recompensa ao escritório local e solicitar uma Autorização de Alvo para a aquisição. Essa prova pode ser obtida em uma agência do EIIC com um painel que *de fato* liste a recompensa — a menos que já tenha tudo planejado, precisará voltar a esse escritório —, e ela virá em forma de um cartão de dados encriptados que custa 10 créditos. O custo da Autorização de Alvo é separado.

Se quer ser pago, obtenha uma prova de recompensa.

Caso necessite encontrar outras listas para um criminoso específico, as agências locais do EIIC podem fazer uma busca em painéis de outros planetas — independentemente de região ou setor. Para cada painel planetário em que se faça busca, atualmente o EIIC cobra cerca de 50 créditos.

No entanto, se isso fornecer a prova de que precisa para capturar uma aquisição valiosa, a cobrança será facilmente superada pela recompensa.

AGÊNCIAS DE POSTAGEM

Exceto nos planetas em que caçar por recompensa é ilegal, você encontrará pelo menos uma agência de postagem em quase todos os portos espaciais ou grandes cidades. Elas oferecem todos os serviços de uma agência do EIIC e frequentemente agem como "intermediárias", facilitando a postagem de recompensas por parte de corporações e de cidadãos em todo o Império. As agências de postagem não são filiadas diretas de uma guilda específica ou uma organização do governo e se especializam em fornecer informações precisas e atualizadas sobre status de recompensas.

As agências conseguem parte dessas informações diretamente do EIIC, que cobra delas uma anuidade pelo acesso ao DataCore de Execução do Império. Mas, para atrair você como consumidor, a maioria das agências oferece informações sobre mais recompensas do que o painel local do DataCore, e o faz mantendo links com os painéis locais de planetas nos setores ao redor.

Boas agências de postagem não se fiam apenas nas fontes do Império. Elas localizam criminosos ativamente e trocam dados entre si e com informantes. Por isso, possuem não apenas diversas listas de recompensa, como também mais dados sobre aquisições do que o próprio DataCore. Entre eles, uma ampla informação biográfica, relatos de avistamentos e outros fatos.

Como você já sabe, espere pagar algo entre 10 e 15 créditos por hora de acesso ao DataCore em uma agência do EIIC. Para acessá-lo a partir de uma agência de postagem, você não pagará mais do que 25 créditos *por dia*. Uma economia considerável, caso planeje examinar o painel por muitas horas. Os Imperiais afirmam que todas as recompensas do Império são postadas primeiro no DataCore, antes de distribuí-las para as agências de postagem, e qualquer caçador sabe a vantagem de receber informações antes. No entanto, considerando as despesas profissionais e o número de recompensas Imperiais num momento qualquer, muitos caçadores sabem das vantagens de trabalhar com agências de postagem.

Visite as agências de postagem e familiarize-se com os funcionários. As agências fornecem informações a caçadores e também podem recomendar caçadores experientes a originadores de recompensa e a outros clientes em potencial. Apesar de todas as agências de postagem exigirem que os originadores apresentem as evidências claras da transgressão antes de emitir uma recompensa, fique atento, pois algumas são menos respeitáveis do que outras e aceitarão recompensas com evidências um tanto inconsistentes. Felizmente, o Império verifica qualquer evidência que uma agência de postagem alegue ter visto.

POR UM PREÇO, A MAIORIA DOS FUNCIONÁRIOS DO IMPÉRIO VERIFICARÁ QUALQUER COISA QUE VOCÊ PONHA NA FRENTE DELES.

BOBA

A agência de postagem Tanallay Surge, em Tynna.

Algumas agências de postagem têm permissão para emitir autorizações e Certificados da Força de Paz do Império. Com frequência, os administradores do Império dão desconto às agências de postagem em caso de redução de acesso aos dados; por isso, as agências de postagem podem oferecer às grandes corporações um pequeno desconto nas taxas de registro. Os cidadãos gostam de trabalhar com elas para não ter de lidar diretamente com a burocracia do Império, que às vezes é assustadora.

TAXAS DE POSTAGEM

Muitos cidadãos questionam os preços para postar recompensas. Dado que a postagem de uma recompensa para a captura de um assassino talvez contenha a mesma quantidade de informações que uma postagem para capturar um ladrão, é frequente os cidadãos perguntarem: "Por que a postagem para o assassino é tão mais cara?"

Alguns cidadãos simplesmente não entendem que postar uma recompensa não é a mesma coisa que postar um anúncio nos classificados para vender um landspeeder usado.

As taxas de postagem para recompensas variam muito de comunidade ou mundo, assim como as autorizações e as taxas de registro. Os fatores mais importantes na determinação dos valores nas agências de postagem são o total da recompensa e como a postagem está distribuída.

Taxas de postagem aproximadas para diferentes áreas de distribuição:
Em um continente ou município: 10-100 créditos
Em um planeta ou sistema: 50-500 créditos
Em um setor: 1.000-10.000 créditos
Na galáxia: 50.000 créditos

Os valores são altos para desencorajar os cidadãos a emitir recompensas para cada delito insignificante e para cobrar todas as despesas da postagem da recompensa durante o período em que ela esteja válida. Se o público espera que as agências façam postagens em grandes áreas da galáxia, mantenham a operacionalidade e se certifiquem de que a recompensa permaneça ativa pelo tempo que for necessário, e, se o público também espera que um caçador de recompensa realize um trabalho perigoso em seu nome, é necessário que pague por isso.

CORRETORES DE INFORMAÇÕES

Apesar de a Guilda de Caçadores de Recompensa se orgulhar do seu forte departamento de analistas da informação, ela também se fia nos corretores de informações por toda a galáxia. A maioria trabalha em tempo integral, mas aproximadamente 18 por cento são apenas vendedores de informação ocasionais. Se todos eles têm algo em comum, é que são excelentes em obter respostas sem fazer perguntas e em detectar anomalias e padrões em dados.

Uma das espaçonaves filiais operadas por Kud'ar Mub'at, a Assembler.

Enquanto muitos corretores de informações contratados confidencialmente preferem permanecer anônimos, Kud'ar Mub'at não é um deles. Mub'at tem conferido e fornecido dados para a Guilda de Caçadores de Recompensa por muitos anos e é amplamente considerado o melhor da área. Mub'at também coordena as transações financeiras entre a Guilda e as milhares de agências de aplicação da lei, e entre ela e quem seja associado à caça de recompensa, assegurando o pagamento imediato das recompensas coletadas pelos membros da Guilda. Seu contratante da Guilda é seu canal para Mub'at, e aconselha-se que você não o contate pessoalmente. Ele vive em uma espaçonave fortemente armada que desencoraja visitantes não convidados. (Ver "Recursos do Contratante", p. 39.)

NÃO MAIS.
BOBA

RECOMPENSAS IMPERIAIS FORA DOS PADRÕES

Além das recompensas postadas pelas autoridades do governo civil, há outras emitidas por autoridades do serviço de inteligência e por militares. O Exército Imperial se fia no DataCore para postar e distribuir recompensas, que em geral são oferecidas para indivíduos procurados por alta traição, sob circunstâncias nas quais o Exército é incapaz de fazer justiça contra os criminosos. Fique avisado: sempre que uma postagem de recompensa mencionar ato de traição, a Secretaria de Segurança Imperial (SSI) e sua Divisão de Execução estarão diretamente envolvidas.

Mas nem todas as recompensas militares acabam no DataCore. Quando os Imperiais querem interrogar um indivíduo, possivelmente porque ele possui informações secretas, oferecem "recompensas confidenciais" para caçadores de recompensa. A Divisão de Execução da SSI supervisiona todas essas caçadas e, em geral, tem toda razão para esperar que você a conduza com extrema discrição. Esses contratos pagam melhor do que aqueles sobre os quais você pode de fato falar com os seus colegas de profissão. Leve a aquisição discretamente e fique de boca calada. Assim, você não só ganhará pontos com o contratante e com a SSI mas provavelmente se verá alinhado com outros trabalhos do tipo. E poderá até acabar na pequena lista de caçadores qualificados para "tarefas especiais".

Se você não sabe o que é uma tarefa especial da SSI, provavelmente não está pronto para uma.

Se as tarefas especiais da SSI fossem de verdade, eu saberia delas. - Bossk

POSTAGENS PARTICULARES

Ainda que o Império represente a fonte primária de recompensas na galáxia, há outras, como corporações, grupos particulares e benfeitores ricos. As recompensas para essas fontes alternativas são comumente chamadas de "postagens particulares". Elas devem ser registradas através do EIIC e precisam atender a condições estritas.

Requisitos para postagens particulares:

- Submissão de material que comprove a transgressão.
- Pagamento adiantado do valor nominal da recompensa.
- Pagamento da taxa de registro exigida pelo EIIC, a ser feito pelo originador da recompensa ou seu representante.

Cidadãos e companhias postam recompensas porque as autoridades locais ou as agências de aplicação da lei não contam com efetivo ou não têm propensão a levar à justiça criminosos procurados. Você ouvirá a mesma história vinda das grandes corporações, que tendem a emitir recompensas por crimes que envolvam violação, dano material, agressão contra funcionário, roubo de dados importantes ou qualquer outra infração relacionada à interrupção dos negócios. Se quiser saber o verdadeiro motivo de cidadãos e companhias escolherem contatar a Guilda, basta assistir ao noticiário da HoloNet e procurar reportagens sobre agentes corruptos que se negam a promover ação penal para crimes que variam de roubo a assassinato. Há inúmeros casos de agentes da lei sem honra e trapalhões burocratas; então, não admira que mais e mais pessoas contem com a Guilda para a necessidade que sentem de manter a paz.

DESPACHANTE

Pelo fato de os administradores e contratantes da Guilda funcionarem como um buffer entre os caçadores da Guilda e a burocracia do Império, você pode pensar que não precisa ficar a par das novas postagens, dos regulamentos locais dos planetas e das restrições à caça. Incorreto. Só porque você é obrigado por contrato a aceitar tarefas do contratante da Guilda, não significa que deva andar de mãos dadas com a ignorância.

Agora os droides estão nos chamando de ignorantes? - Bossk

É claro que o contratante da Guilda *cuidará* bem de você. No entanto, quanto mais você souber a respeito do negócio, melhor. Especialmente se tiver interesse em fazer trabalhos como freelancer. A menos que tenha confiança de que pode gerenciar seus recursos financeiros, investir os lucros, fazer os pagamentos necessários, promover sua reputação, interagir com agências de postagem e corporações para obter oportunidades lucrativas de trabalho e se manter informado a respeito de cada nova recompensa autorizada pelo Império e digna da sua consideração, você precisará de ajuda profissional. Ou seja, de um despachante.

Os despachantes agem como intermediários entre os caçadores de recompensa e os funcionários do Império, gerenciando quase todos os aspectos do negócio para os caçadores. Em geral, os despachantes ficam sediados nas capitais de setores ou na maior cidade de um planeta e se especializam em obter o maior valor possível de créditos relacionados à caça, tanto para si quanto para os seus clientes. Com um despachante licenciado trabalhando ao seu lado, você não precisará se preocupar a respeito de autorizações para operar em um setor qualquer. Eles permitem que você fique focado na caça.

Pelos serviços, os despachantes costumam cobrar uma taxa fixa (de três a cinco por cento de cada recompensa ou contrato mediado nos seus escritórios). Seja você um caçador independente ou um membro da Guilda operando em território estranho, bons despachantes conseguirão o dinheiro deles tirando você de problemas.

RECEPTORES

Quando capturar uma aquisição, lembre-se de que o trabalho não estará terminado até que você obtenha o pagamento. Conforme já comentado, o receptor é o ser, local ou entidade que receberá a aquisição. Somente com a entrega você estará apto a receber o valor total da recompensa.

Dependendo dos termos da recompensa, você poderá escolher entregar as aquisições vivas ou seus restos mortais identificáveis diretamente ao receptor ou a uma agência Imperial de aplicação da lei em qualquer planeta. Caso escolha a agência, o Império cobrará taxas de transporte e custódia para entregar a aquisição ao receptor. Embora os administradores da Guilda reconheçam que certas circunstâncias atenuantes possam gerar a necessidade de deixar uma aquisição com autoridades do Império (por exemplo, quando um caçador é obrigado a entregar uma aquisição para perseguir outra), raramente essa situação é lucrativa para o caçador ou para a Guilda. As taxas de transporte Imperiais variam, dependendo do número de vigias armados necessários, do tempo e da distância para se

Certifique-se de que a aquisição está bem-amarrada antes de entregá-la a um receptor.

chegar ao receptor, bem como outras necessidades especiais que a aquisição venha a demandar.

Tabela de taxas cobradas pelo Império para transportar e vigiar aquisições:

Transporte dentro de um sistema: 100-1.000 créditos
Transporte dentro de um setor: 500-5.000 créditos
Transporte dentro de uma região: mínimo de 20.000 créditos
Transporte através da galáxia: mínimo de 50.000 créditos

É comum também que os oficiais do Império retenham o pagamento da recompensa até que a aquisição tenha sido entregue ao receptor. Logo, ou você terá de ir até um escritório para receber o pagamento ou precisará esperar que o pagamento seja encaminhado a você, ao seu contratante na Guilda ou a um despachante. Se isso não for suficiente para convencê-lo de que é mais econômico entregar a aquisição pessoalmente ao receptor, saiba também que, se a aquisição escapar ou morrer por acidente enquanto estiver sob custódia do Império, ele *não* se responsabilizará. Sem querer descartar a opção de confiar na alta competência Imperial para entregar aquisições a receptores, mas uma alternativa com melhor custo-benefício é providenciar transporte — de preferência, uma corveta bem-armada — com seu contratante da Guilda ou com uma entidade particular.

COM O IMPÉRIO, NUNCA É POR ACIDENTE. BOBA

Se tiver uma mercadoria quente, agende transporte com uma espaçonave segura.

Seja o receptor o próprio originador, um agente de aplicação da lei ou um centro de detenção, fique ciente de que ele pode se tornar um cliente recorrente e que você é membro e representante da Guilda de Caçadores de Recompensa. Espera-se que você seja cortês com todos os receptores e que não lhes dê motivo algum para questionar seu profissionalismo. Caso seja bem-sucedido ao entregar a aquisição, mas o receptor se negue a pagar a recompensa, não discuta. Simplesmente informe-lhe que, se ele escolher quebrar o contrato, uma força-tarefa de administradores da Guilda terá um encontro com ele para resolver o assunto imediatamente.

Centros de detenção Imperial não gostam de caçadores, então não abuse da hospitalidade.

TERRITÓRIOS CORPORATIVOS

Diversas corporações possuem vastos territórios pela galáxia, de continentes em planetas aos próprios planetas e até setores inteiros. Embora o Império tenha jurisdição nesses territórios, as corporações que são suas donas têm tanta autoridade sobre os residentes e "empregados" — *não cidadãos* — quanto julgarem necessário. Essencialmente, desde que gerem arrecadação suficiente para o Império, elas são os governos locais e fazem o papel de polícia. As corporações não veem ladrões e empresários inescrupulosos com bons olhos e têm autorização para postar recompensas contra seres procurados dentro do território da companhia. Elas também

Procurar oportunidades de fazer dinheiro no Setor Corporativo. — Greedo

tendem a pagar extremamente bem. É lógico que isso é do interesse da Guilda de Caçadores de Recompensa.

A Guilda tem vasta experiência em trabalhar em prol de grandes corporações e treina membros para operar entre os desafios legais, logísticos e econômicos típicos dos territórios corporativos. O maior território corporativo da galáxia é o Setor Corporativo — entre os quais há mais de 30.000 sistemas estelares habitáveis —, cujo dono e governante é a Autoridade do Setor Corporativo. Saiba que terá de pagar ao entrar e sair do Setor Corporativo. Mas, pelo fato de ainda haver potencial para que você e a Guilda obtenham um lucro considerável, pode valer a pena pagar a admissão no Setor Corporativo, bem como o pedágio da saída.

Fique avisado: taxas adicionais *serão* cobradas. As corporações têm autoridade para cobrar dos caçadores taxas de permissão e de captura, isso sem contar com as taxas de seguro temporário enquanto viaja por rotas específicas. Ao entrar em um território corporativo, você estará sujeito às leis da corporação e a cláusulas contratuais específicas. Portanto, o mais importante a se ter em mente são os limites da corporação. Se você perseguir uma aquisição fora da zona corporativa e a aquisição não for procurada pelo Império, você estará violando diversas leis e ficará sujeito a processos criminais e a multas pesadas. As zonas corporativas fazem vista grossa para qualquer um que evite seus sistemas judiciários, pois esperam lucrar com as extradições para territórios estrangeiros.

Se a Guilda receber uma postagem para uma aquisição procurada no espaço do Império, mas que fugiu para o Setor Corporativo, seu contratante na Guilda poderá lhe dar instruções detalhadas. Tenha em mente, porém, que o Setor Corporativo *é* sujeito a certas leis do Império e que não há dinheiro suficiente que compre imunidade contra as acusações dele. Se, por algum motivo, seu contratante na Guilda não estiver disponível para lhe dar conselhos sobre perseguições no Setor Corporativo, procure ajuda de um despachante profissional familiarizado com leis, taxas e autorizações exigidas pelo território.

As zonas corporativas não são para caçadores. São para quem gosta de contar centavos. - Dengar

OS KAJIDICS HUTT

Os lendários capitalistas *kajidics* Hutt são mais velhos que a Velha República. *Kajidic* é um termo vago que se refere aos clãs e às empresas Hutt, mas que pode ser traduzido como: "Alguém vai ficar com a grana; por que não a gente?" Os Hutt governam diretamente diversos mundos de uma região chamada de Espaço Hutt, mas operam em toda a galáxia. Sua vasta gama de interesses comerciais vai desde o comércio interestelar de produtos exóticos até arenas esportivas e portos espaciais.

Os *kajidics* Hutt empregam membros de todas as espécies e estão dispostos a contratar qualquer um que possa lhes levar mais dinheiro ou facilitar sua constante busca por prazer. "Qualquer um" sem dúvida inclui caçadores de recompensa, pois os Hutt não poupam ao perseguir aqueles que os traem ou trapaceiam contra eles. Embora contem com a Guilda de Caçadores de Recompensa operando cada caso de maneira particular, sabe-se que alguns providenciaram contratos de longo prazo com caçadores da Guilda para que permaneçam por perto, mais acessíveis.

Os Hutt nutrem muitas rusgas e contratam muitos caçadores.

GUILDAS DE CAÇADORES DE RECOMPENSA AFILIADAS

POR VA GOBOLUNGNUM, COORDENADOR DE FILIAL DA GUILDA DE CAÇADORES DE RECOMPENSA

Desde a fundação da Guilda de Caçadores de Recompensa, em especial desde a fundação do Império, diversas guildas afiliadas surgiram por toda a galáxia. Também conhecidas como sindicatos, essas subguildas são organizações particulares que contratam caçadores de recompensa, deduzem um percentual de suas receitas para sustentar a organização e se envolvem com o treinamento e o apoio aos caçadores. Esses sindicatos foram fundados para fazer com que as recompensas em certos setores fossem cumpridas, e alguns deles são mais restritos do que outros, mas não se engane sobre quem está no comando. A Guilda de Caçadores de Recompensa supervisiona todos os sindicatos listados nesta seção. E O IMPÉRIO SUPERVISIONA A GUILDA.

BOBA

Os sindicatos têm muitas casas capitulares, e muitas das mais antigas foram originalmente fundadas em setores remotos. Portanto, a Guilda poderia, ao mesmo tempo, gerenciar essas áreas e prevenir a competição de caçadores independentes sem ética. As maiores casas se distinguem por contar com serviços especializados e uma gama restrita de operações, e cada uma tem diversas diferenças a respeito das estruturas governamentais corporativas, das oportunidades de treinamento e de adesão como membro, e dos cronogramas de pagamento. Se estiver interessado em aderir a uma casa capitular da Guilda, ou considerando se transferir de uma para outra, você deve examinar esta seção com muito cuidado.

As próximas páginas apresentam informações detalhadas sobre casas capitulares de caçadores e sindicatos notáveis operando atualmente nos territórios do Império. Há muitas outras guildas influentes no Império, mas as que incluímos aqui perfazem um corte transversal que representa bem o estado das guildas na galáxia. Para compreender as características únicas de cada casa, por favor, consulte a seguinte legenda:

Organização: O nome da instituição de caçadores

Administrador: O presidente, o dono ou a facção que a controla

Tamanho: Tamanho aproximado da instituição, expresso em termos de caçadores ativos e pessoal de apoio

Especialidade de Contrato: O tipo de recompensa que é a especialidade da casa, se houver

Influência: Uma medida relativa dos poderes político e financeiro da instituição dentro do Império, e sua habilidade de influenciar a política Imperial (medida em mínima, pequena, moderada e grande)

Esfera de Operações: Escopo relativo das atividades da instituição

Sede: Local do escritório central da guilda

Adesão: Meios pelos quais se concede a adesão

Taxas: Taxas individuais de adesão, se houver

Gap: Pontos administrativos aplicados à recompensa de um caçador, deduzidos como percentual de quaisquer recompensas reivindicadas pelo caçador

CASA BENELEX

Organização: Guilda de Caçadores de Recompensa Casa Benelex

Administrador: Corvastan Benelex

Tamanho: 1.279 caçadores; 7.600 funcionários administrativos e de apoio

Especialidade de Contrato: Resgate de vítimas de sequestro, ALCADocs (até 10.000 créditos)

Influência: Moderada

Esfera de Operações: Operações atuais através dos Territórios da Orla Exterior, setores específicos da Zona de Expansão Exterior (Fellwe, Ehosiq, Lostar), Setor Corporativo

Sede: Paqualis III

Adesão: Apadrinhamento de outro membro

Taxas: 700 créditos (anual)

Gap: 3%

Fundado pelo ex-caçador de recompensa Corvastan Benelex, a Casa Benelex existe como descendente corporativo do Conglomerado de Defesa Dreariano (CDD), fabricantes de armas especiais.

A Casa Benelex resgatou o filho do presidente do CDD, Mardu Avoa, das mãos dos traficantes de escravos Thalassianos. Durante a ação, Benelex executou o cabeça dos escravocratas, mas levou um tiro de blaster que o debilitou e acabou com a sua carreira de caçador. Enquanto se recuperava em um centro médico do CDD, Benelex pensou bem a respeito de seu futuro e de como poderia transformar sua perda em vantagem. Ele teve um encontro com o vice-presidente da CDD, Shiko Tanderris, e pediu um empréstimo de 2 milhões de créditos, juntamente com a concessão de algumas armas, que o habilitariam a fundar uma Guilda especializada em resgate de vítimas de sequestro e outros reféns. Com o acordo tácito de que o departamento de marketing do CDD teria o controle criativo da propaganda para a casa, Tanderris concedeu o empréstimo de imediato, e assim nasceu a Casa Benelex.

Logo de início, ela atraiu não somente caçadores de recompensa que viam nobreza em dedicar as habilidades ao resgate de reféns mas também muitos especialistas em contraterrorismo e em negociações com reféns. Agora em sua

Há rumores de que os caçadores da Benelex estavam encenando sequestros para que pudessem "resgatar" as vítimas e coletar os pagamentos. — Dengar

OS RUMORES ERAM VERDADEIROS. CORVASTAN BENELEX ME CONTRATOU PARA RESOLVER O PROBLEMA. BOBA

segunda década de funcionamento, a Casa Benelex foi bem-sucedida em diversas missões de resgate, entre as quais várias bastante divulgadas que ocorreram no Sistema Chalenor. A Casa Benelex também lucrou ao tirar vantagem de alguns programas do Império, como o de emitir Documentos de Autorização Legal para Contenção Avançada (ALCADocs) com o intuito de rastrear aquisições. Ela é amplamente considerada a mistura perfeita de engenhosidade empresarial e patrocínio corporativo na indústria de caça de recompensa.

Corvastan Benelex contra os Thalassianos.
Esta imagem se encontra na parede de todas as sedes da Benelex.

CASA TRESARIO

Organização: Guilda de Caçadores de Recompensa Casa Tresario

Administrador: Rovan Tresario

Tamanho: 1.767 caçadores; 9.659 funcionários administrativos e de apoio

Especialidade de Contrato: Não aceitam recompensas abaixo de 15.000 créditos

Influência: Moderada

Esfera de Operações: Por todo o Império; 22% das operações no Núcleo e nas regiões ao redor

Sede: Baradas II

Adesão: Apadrinhamento de pelo menos dois outros membros

Taxas: 1.000 créditos (anual)

Gap: 8%

A Casa Tresario foi fundada por ex-oficiais da Marinha Imperial liderados por Rovan Tresario e mantém fortes laços com as forças armadas do Império. Este sindicato tem sede na Região das Colônias e se especializou em caçar piratas.

A carreira de Rovan Tresario como oficial da Marinha foi marcada por frustrações contínuas causadas por piratas, especialmente pelo famoso "Flagelo dos Sete Setores", Reginald Barkbone. Após se aposentar da Marinha, Tresario se juntou a outros colegas aposentados que, como ele, haviam sido atormentados por piratas e se sentiam na obrigação de continuar a guerra contra a pirataria. Juntando seus recursos, eles conseguiram contratar diversos caçadores de recompensa e os mandaram atrás de vários líderes piratas esquivos na Região das Colônias.

Rovan Tresario

Embora até hoje os esforços para capturar Reginald Barkbone tenham sido malsucedidos, o grupo de Tresario não só vingou suas carreiras militares como lucrou com as recompensas de muitos piratas. Logo após fundarem a Casa Tresario, eles começaram a expandir as operações para outras regiões e, ano após ano, têm ido atrás de contratos Imperiais cada vez maiores.

SINDICATO DE TRAFICANTES DE ESCRAVOS

Organização: Sindicato Zygeriano de Traficantes de Escravos

Administrador: Clã Zygeriano Pr'ollerg

Tamanho: Desconhecido, mas acredita-se que seja de mais de 2.000 caçadores ativos e traficantes de escravos

Especialidade de Contrato: Recompensas em que há o direito de escravizar

Influência: Pequena

Esfera de Operações: Regiões isoladas dos Territórios da Orla Exterior

Sede: Karazak

Adesão: Taxa de iniciação (estima-se que entre 2.000 e 5.000 créditos, às vezes dispensada para quem tem parentes na organização)

Taxas: Nenhuma

Gap: Nenhum

Sob as leis ineficazes da hipocrisia da Velha República, o negócio do escravismo foi, por muito tempo, ilegal, mas ainda assim praticado nos Territórios da Orla Exterior. Tudo isso mudou com o Decreto Imperial A-SL-4557.607.232, que sabiamente expediu e simplificou dispositivos para compra, venda, tráfico e posse de escravos. Atualmente, algumas cooperativas de tráfico operam na Orla Exterior, porém a mais conhecida é o Sindicato de Traficantes de Escravos.

Sendo uma vaga confederação de caçadores de recompensa, o Sindicato de Traficantes de Escravos é controlado pelo Clã Zygeriano Pr'ollerg. Ele dita que recompensas caçar, quanto pagar pelos direitos de escravos, e quando e onde agir. Em geral, o Sindicato procura recompensas modestas, a maior parte aquisições culpadas de infrações menores. Geralmente, por não serem lucrativas, elas são esquecidas ou dispensadas por caçadores mais experientes, porém o que o sindicato perde em valor per capita ele compensa com um enorme volume.

Além disso, é comum que os capturados com vida sejam levados a sistemas com leis liberais a respeito do escravismo, onde são adquiridos e revendidos como escravos.

Entre os tipos mais traficados pelo Sindicato de Traficantes de Escravos estão os Mandalorianos nativos e os Twi'lek. De vez em quando, o Sindicato negocia o transporte de Wookiees, mas não em grande volume, já que os Trandoshanos praticamente monopolizam o mercado de Wookiees.

CASA PARAMEXOR

Organização: Guilda de Caçadores Paramexor

Administrador: Mestre da Guilda Janq Paramexor

Tamanho: 623 caçadores; 1.740 funcionários administrativos e de apoio

Especialidade de Contrato: Só aceitam recompensas envolvendo assassinato ou tentativa de assassinato

Influência: Moderada, mas em ascensão

Esfera de Operações: Núcleo Galáctico e regiões ao redor; algumas operações conduzem a regiões afastadas, mas não há escritórios permanentes

Sede: Denevar

Adesão: Apadrinhamento de três outros membros

Taxas: 300 créditos (anual)

Gap: 3%

Fundada por Janq Paramexor e com sede no planeta Denevar, a Casa Paramexor se dedica a eliminar aqueles que intencionalmente matem criaturas da mesma raça por esporte ou lucro, e sua distinção é aceitar recompensas em que a aquisição pode ser entregue morta por crimes relacionados a assassinato ou a tentativa de assassinato. Seus caçadores têm a merecida reputação de serem profissionais completos e de terem uma lealdade ferrenha ao Mestre da Guilda.

Janq Paramexor

Janq Paramexor foi um oficial militar que sobreviveu a um duelo que o deixou com lesões internas e paralisado da cintura para baixo. Confinado a um pod móvel de suporte de vida por mais de um quarto de século, Paramexor desenvolveu um profundo apreço por todas as formas de vida e uma aversão igualmente forte

O pod de suporte de vida de Paramexor é lotado de armas ocultas.
— Dengar

por aqueles que tiram vidas sem uma causa justa. Diversos mecenas que pensavam como Paramexor o ajudaram a fundar sua organização e continuaram a apoiar a causa.

Paramexor fornece aos seus caçadores os melhores serviços pessoais e de saúde, acomodações luxuosas e planos de aposentadoria generosos. Ele mantém propositalmente o número de caçadores abaixo de 1.000 e tem pouca inclinação a expandir suas operações para outras especialidades.

CASA NEUVALIS

Organização: Guilda de Caçadores de Recompensa Casa Neuvalis

Administradores: Marjan e Feras Neuvalis

Tamanho: 6.790 caçadores; 66.740 funcionários administrativos e de apoio

Especialidade de Contrato: Não aceitam recompensas abaixo de 20.000 créditos

Influência: Grande

Esfera de Operações: Por toda a galáxia; 20% das operações dentro ou próximo ao Núcleo Galáctico

Sede: Plexis

Adesão: Apadrinhamento de outro membro; sobrevivência ao teste de iniciação

Taxas: 500 créditos (anual)

Gap: 10%

NEUVALIS – POSSÍVEL LIGAÇÃO C/ OS REBELDES. INVESTIGAR.
BOBA

Uma das Guildas mais novas em operação, a Casa Neuvalis também é uma das mais seguras em termos financeiros. Ela mantém uma política rigorosa de aceitar apenas os contratos Imperiais e corporativos mais lucrativos e de recusar quaisquer recompensas abaixo de 20.000 créditos. Essa política atrai clientes abastados, assim como tipos altamente habilidosos. Se qualquer caçador da guilda Neuvalis não for capaz de cumprir um contrato específico dentro de um ano, a guilda pagará ao originador o dobro do valor nominal da recompensa. Por não atuar para perder dinheiro, essa política encoraja a confiança dos clientes e motiva os caçadores a coletarem aquisições o quanto antes. Prestar caução com antecedência faz com que tanto o Império quanto o setor privado procurem os Neuvalis repetidamente para tratar de suas recompensas mais importantes.

SINDICATO RAGNAR

Organização: Sindicato de Caçadores de Recompensa Ragnar

Administrador: Reshton Severindas

Tamanho: 270 caçadores na ativa; 4.535 caçadores na reserva; 2.700 funcionários administrativos e de apoio

Especialidade de Contrato: Operações especiais paramilitares

Influência: Moderada, mas em ascensão

Esfera de Operações: Territórios da Orla Exterior, em expansão

Sede: Ragnar VIII

Adesão: Seleção pessoal do presidente da Casa

Taxas: Não há, mas membros novos pagam gaps maiores durante os três primeiros anos

Gap: 20% (membros novos); 3% (recompensas até 5.000 créditos); 4% (acima de 5.000 créditos)

O Sindicato Ragnar é inusitado por contratar caçadores para fazer um trabalho de cada vez, o que reduz as despesas gerais e permite que se ocupem de muitos trabalhos como freelance. O sindicato pode se lembrar dos caçadores, que ficam em listas de espera, para missões especiais quando for necessário. Apesar de a maior parte da receita do sindicato provir de recompensas do Império, seus empregados são conhecidos por se envolverem com antiterrorismo, sabotagem e assassinatos.

O sindicato contrata caçadores para missões especiais que, por natureza, são quase militares. Além disso, costuma combinar caçadores experientes e novatos nas missões. Isso permite aos novatos receber treinamento com maior grau de segurança e dá assistência aos seus treinadores.

Reshton Severindas

CASA RENLISS

Organização: Guilda de Caçadores de Recompensa Casa Renliss

Administradoras: Jalindas e Gratina Renliss

Tamanho: 244 caçadoras na ativa; 1.249 funcionárias administrativas e de apoio

Especialidade de Contrato: Recompensas emitidas contra aquisições do sexo masculino

Influência: Mínima, mas em ascensão

Esfera de Operações: Operações ativas no Núcleo Galáctico, nos Mundos do Núcleo, nas Colônias, nos Planetas da Orla Interior, no Espaço Hutt, no Setor Corporativo e em territórios específicos da Zona de Expansão Exterior e de Territórios da Orla Exterior

Sede: Dartessex IV

Adesão: Apenas caçadores do sexo feminino; seleção pessoal pelas presidentes da Casa

Taxas: Acordo individual com as presidentes da Casa

Gap: 5%

Fundada pelas irmãs Jalindas e Gratina Renliss, a Casa Renliss aceita apenas caçadoras do sexo feminino e só vai atrás de recompensas para aquisições do sexo masculino. De acordo com um panfleto de divulgação da Casa Renliss, cada caçadora recebe um nível de treinamento pessoal e de atenção que não existe em outras guildas.

Embora a Casa Renliss esteja em operação há muitos anos, as origens da organização, assim como o passado das suas fundadoras, ainda são um mistério para quem não faz parte dela. No entanto, diversos relatórios indicam que a Casa Renliss tem laços com membros do serviço de inteligência Imperial e que seus lucros têm aumentado ano a ano de forma substancial.

Jalindas e Gratina Renliss

NÃO HÁ MISTÉRIO. AS IRMÃS RENLISS FORAM MEMBROS DA EQUIPE DE AGENTES DORMENTES DO IMPÉRIO. A INTELIGÊNCIA USA A CASA RENLISS PARA SE LIVRAR DA ESCÓRIA NA PRÓPRIA ORGANIZAÇÃO.

BOBA

SINDICATO MANTIS

Organização: Sindicato de Caçadores de Recompensa Mantis

Administradora: Lady Marina Mantis

Tamanho: 985 caçadores; 845 funcionários de apoio a combate; 220 funcionários administrativos

Especialidade de Contrato: Tarefas de alto risco, operações paramilitares particulares e restritas usando até um batalhão

Influência: Grande

Esfera de Operações: Centralizadas dentro e em torno do Setor Sarin, nos Territórios da Orla Exterior

Sede: Santarine

Adesão: Recrutamento ativo feito por Lady Mantis, assim como realistamento seletivo

Taxas: 150 créditos (anual), dispensado para caçadores realistados

Gap: 3 a 5% (tabela variável de acordo com o valor da recompensa e com os anos de serviço no sindicato)

Os "caçadores" do Mantis são apenas bandidos mercenários. Não faço ideia de como são afiliados da Guilda. — Dengar

Dirigido por Lady Marina Mantis do Setor Sarin, também sua dona, o Sindicato Mantis é composto de especialistas com passado como caçador de recompensa. Ele é capaz de colocar um grande número de tropas experientes — unidades do tamanho de companhias e de batalhões — no campo em pouco tempo.

Lady Marina Mantis e seus caçadores com estilo de mercenários.

CASA SALAKTORI

Organização: Guilda de Caçadores de Recompensa Casa Salaktori

Administrador: Jeslor Salaktori

Tamanho: 2.240 caçadores; 47.300 funcionários administrativos e de apoio

Especialidade de Contrato: Recompensas Imperiais a partir de 10.000; recompensas corporativas e particulares a partir de 20.000

Influência: Grande

Esfera de Operações: Por todo o Império

Sede: Resht VII

Adesão: Seleção pessoal do presidente da Casa

Taxas: 1.000 créditos (anual)

Gap: 4%

Deixe que de aqui em diante a Guilda esteja com você como seu pai e sua mãe.
Deixe que esta casa esteja com você como um amigo na hora da necessidade.
Deixe que este lar para sempre se orgulhe de você como uma amante que se deleita com suas proezas.
Os que hoje o aborrecem amanhã podem trair o Império.
Aquele que na amizade está a seu lado pode deslizar a lâmina com mais facilidade.
Aquela que compartilha seu sono pode querer estrangulá-lo ao dormir.
Após todos o abandonarem, somente a Guilda permanecerá para lhe dar forças e protegê-lo.
Somente a Guilda entende exatamente quem e o que você é, e ainda assim ousa cuidar de você.

— De *O Credo da Fundação*
Guilda de Caçadores Salaktori

Uma das mais antigas e influentes guildas de caçadores, a proeminente Casa Salaktori tem mantido a liderança entre as guildas há muitas gerações. Ela está sob direção do presidente Jeslor Salaktori, que herdou a posição do pai há 17

Em quem eu tenho que atirar para ser convidado para a Casa Salaktori?
— Greedo

Greedo não conseguiria atirar nem em si mesmo, se tentasse.
- Bossk

Tenho que admirar Salaktori por encarar os Imperiais. — Dengar

Jeslor Salaktori

anos. A adesão de membros é restrita somente aos melhores entre todos os caçadores, de acordo com o julgamento do presidente.

Nunca tendo sido alguém que fugiu da luta no campo de batalha ou no âmbito corporativo, Jeslor Salaktori defendeu pessoalmente seus caçadores quando os administradores do Império tentaram inibir suas operações. Ele continua pressionando o Império a limitar a prática restritiva de multar caçadores por "danos colaterais".

O lema não oficial da Casa Salaktori é: "Nós cuidamos dos nossos — de um jeito ou de outro." Uma famigerada reportagem investigativa da HoloNet afirmou que Salaktori aplica esse lema a todos os aspectos do negócio, entre os quais a vingança, e apresentou dados que sugeriam que ninguém que fosse responsável pela morte de um Salaktori vivia mais de um ano após o incidente. Imediatamente, uma reportagem seguinte, feita com mais cuidado, pesquisou e revelou que todas as supostas "mortes por vingança" haviam sido consideradas acidentais.

NÃO FORAM ACIDENTES. A PRIMEIRA REPORTAGEM ESTAVA CERTA.
BOBA

Para você, meu filho, um vislumbre das mentes dos meus inimigos.
JANGO

PARA VOCÊ, MINHA FILHA. QUE VOCÊ COMECE A ENTENDER.
BOBA

SENTINELAS DA MORTE

BA'JURNE KYR'TSAD MANDO'ADE

Meu nome é Tor Vizsla. Sou o comandante das Sentinelas da Morte e do Mand'alor secreto.
Na escuridão, eu visto beskar'gam, para que um dia os fiéis façam o mesmo à luz do dia.
Em segredo, eu empunho o Sabre Escuro, para que um dia a nossa honra seja visível a todos.
Em silêncio, eu convoco os dignos, para que um dia a nossa causa ressoe.

PREFÁCIO

Se você está lendo isso, é porque foi escolhido como Comandante, ocupou-se de treinar recrutas, de preparar Sentinelas para operações e de comandá-los no campo de batalha. Assim como os antigos Comandantes de Cassus Fett, você deve educar e inspirar os nossos guerreiros, para que entendam sua herança e sacrifiquem suas vidas por ela.

E que herança é essa? Aqui, você lerá a verdadeira história dos nossos guerreiros, passada em segredo de mão blindada a mão blindada, sem as máculas das mentiras dos assim chamados Novos Mandalorianos, da República ou dos feiticeiros Jedi.

Lembre-se, Boba: o passado é uma armadilha... -Aurra

Aqui você também aprenderá sobre nossa armadura, nossas armas, estratégias e objetivos — informações vitais para a nossa sobrevivência. Pois somos Mando'ade — os Mandalorianos. A guerra é o nosso direito nato, e é na guerra que nos medimos com os nossos antepassados.

A VERDADEIRA HISTÓRIA DOS MANDALORIANOS

Nossa história começa com os Taung, os Guerreiros da Sombra que reconhecemos como nossos Progenitores. Originalmente, eles habitavam Coruscant, mas seus inimigos os expulsaram para a Orla Exterior. Seus clãs viajaram de planeta em planeta sob ordens do seu chefe de guerra, que interpretou o desejo de seus deuses, atualmente extintos: Kad Ha'rangir, o criador de testes e provações onividente; Hod Ha'ran, o trapaceiro, agente da sorte inconstante; e Arasuum, deus da preguiça, um inimigo que sussurra e seduz com promessas de paz. Muitos planetas tombaram aos golpes das lâminas dos Progenitores, e muitas civilizações tremiam só ao ouvir a menção de seus nomes.

As antigas deidades Mandalorianas eram lideradas pelo onividente Kad Ha'rangir (à esquerda), aqui ao lado do deus trapaceiro Hod Ha'ran (ao centro) e do preguiçoso Arasuum (à direita).

Há mais ou menos sete milênios, os Guerreiros da Sombra chegaram a Mandalore e eliminaram as espécies indignas e impuras do espaço ao redor — os Fenelar, os Tlönianos, entre outros. Aqui, no Espaço Mandaloriano, eles se apossaram das tecnologias das espécies conquistadas e as remodelaram para o uso em guerra. Aqui, entre as florestas e os campos exuberantes de Mandalore, sua força cresceu e seu grande propósito se revelou: um empenho que duraria gerações e prepararia o caminho para nós.

Chamamos os Guerreiros da Sombra de nossos Progenitores — embora não tenhamos o mesmo sangue e seus corpos fossem de bestas, não de humanos —, porque os líderes deles transformaram os Mando'ade em guerreiros e os ensinaram a valorizar a família, o clã e a honra. Seus ensinamentos se tornaram o Resol'nare, as Seis Ações que nos fazem Mandalorianos: criar jovens que busquem honra e glória; usar armadura; defender a si mesmos e suas famílias; dar apoio ao clã; falar um idioma em comum; ser fiéis ao líder dos clãs.

Traídos pelos Jedi. Que surpresa. -Aurra

Há quatro milênios, os Progenitores começaram a Cruzada da Grande Sombra, que os outros chamam de Grande Guerra Sith. Liderados por Mandalore, o Indomável, eles atacaram os sistemas centrais de onde haviam sido expulsos. No fim, foram traídos pelos Jedi e pelos Sith, que agiram como irmãos, mas, daquele dia em diante, o nome Mandaloriano passou a ser temido pelos ociosos inúteis e decadentes da República. Perto de casa, o cenário estava armado para o Surgimento — a transformação dos clãs nos atuais Mando'ade.

Mandalore, o Indomável

Dos antigos Mandalores, nenhum está em mais alta conta do que Mandalore, o Supremo, o Grande Pai da Sombra dos nossos clãs. Em Shogun, tanto naquela época como agora o planeta das visões, Mandalore, o Supremo, recebeu uma profecia estarrecedora:

Quando alguém lhe der a oportunidade de morrer, pense duas vezes. -Aurra

a era dos Taung estava perto do fim, mas suas grandes obras estavam inacabadas. Para sobreviver, o Mando'ade deveria passar por uma transformação.

Foi um fardo terrível, mas Mandalore, o Supremo, o carregou com honra. Ele abriu os clãs para todos os que mostravam valor no campo de batalha e seguiam os códigos do guerreiro. Os não Taung deixaram de estar confinados à condição de vassalos e poderiam se tornar guerreiros Mandalorianos de pleno direito. Nossos antepassados estavam entre esses novos Mando'ade e logo provaram estar aptos a liderar os clãs.

Esses novos guerreiros ficaram conhecidos como Neocruzados, e seu crisol foi a Investida, lembrada pela República como as Guerras Mandalorianas. No fim, a Investida falhou, devido ao maquinário da República e ao enorme número de dar'manda. Mandalore, o Supremo, morreu em Malachor V, na batalha que chamamos de Ani'la Akaan, a Última Grande Batalha. Os clãs se dispersaram, e a República triunfou.

Neocruzados Mandalorianos avançando sob fogo inimigo durante a Investida.

A Ani'la Akaan foi um dia sombrio, mas o propósito da Investida nunca foi conquistar a galáxia, mas sim engendrar o Surgimento. Nesse sentido, ela foi bem-sucedida: nossos antepassados se tornaram os novos chefes dos clãs, os escolhidos para dar continuidade à contenda dos Progenitores. No período de mais uma geração, eles enfim fundariam uma nova linha de Mandalores, e os dias dos Guerreiros da Sombra estavam acabados.

Com êxitos como esses, quem precisa de fracassos? - Hondo

Os Progenitores estavam extintos, mas não lamentamos, pois eles cumpriram seu destino. Embora não estejam entre nós em carne e osso, seus espíritos ainda vivem dentro de nós — as superfícies e os ângulos dos nossos capacetes recordam suas faces. Nós somos seu legado, sua vingança sobre uma galáxia que os desprezou e os exilou. É por isso que, ao entoarmos *Dha Werda Verda*, as primeiras palavras são:

A cinza dos Taung bate com força nos nossos corações Mandalorianos
Somos a ira dos Guerreiros da Sombra
Os primeiros filhos nobres de Mandalore.

O milênio após a Ani'la Akaan foi de constantes testes para os Mando'ade; nossos inimigos não paravam de conspirar para nos destruir. Mas o fogo fortalece o beskar. A dor, a derrota e a perda eliminam os fracos e elevam os fortes. Perseveramos em meio à escuridão e à miséria, e as maquinações dos nossos inimigos só aguçaram a nossa vontade e fortaleceram a nossa determinação.

Após a Ani'la Akaan, Mandalores fracos lideraram os clãs, e a nossa honra decaiu — esses foram os anos do Arasuum, a Estagnação. Então, onze séculos atrás, com a galáxia mergulhada na escuridão causada pela guerra e pela doença, Mandalore, o Unificador, convocou os melhores e mais brilhantes Mandalorianos. Eles estavam em estrelas distantes daquelas em que o destino os moldara.

O Retorno fortaleceu Mandalore, que se apresentou como rival da República. Sob o comando do Unificador e dos fortes Mandalorianos que o seguiam, nosso planeta tornou-se protetor de muitos sistemas estelares e o centro de uma ilustre civilização. Os guerreiros comandavam e protegiam os artesãos, fabricantes e trabalhadores que os apoiavam, os quais, por sua vez, eram apoiados por vassalos e servos.

Mandalore, o Unificador

Uma "sociedade perfeita" não seria derrotada pelos Jedi. -Aurra

Essa sociedade perfeita ameaçou a República. Há sete séculos, covardemente, as naves de guerra hut'uune e os Jedi bombardearam os nossos planetas. Eles incineraram as fazendas e florestas de Mandalore e fizeram de boa parte do nosso planeta natal um deserto abandonado de areia branca e fina; então, ocuparam nossos

As naves de guerra da República acabaram com Mandalore durante a Aniquilação.

Eu me pergunto se Vizsla de fato escreveu isso. Ele era um bandido. Parece mais coisa de Priest, ou de Reau. Talvez o jovem Vizsla. Esse gosta de discursos. —JANGO

planetas. Mataram, exilaram e desarmaram nossos guerreiros e oprimiram nossos antigos códigos. A República chamou essa agressão desonrosa de Excisão Mandaloriana, como se fôssemos um tecido canceroso a ser cortado da galáxia. Nós chamamos de Dral'Han — a Aniquilação.

A Aniquilação deu vida aos males que combatemos atualmente. Para nos governar, a República instalou marionetes que haviam buscado uma paz sem sentido com os Senadores e seus Jedi. Nos séculos desde a Aniquilação, essa linha de Anti-Mandalores — líderes dos autoproclamados Novos Mandalorianos — desacreditou a nossa honra, dando-nos uma vida de preguiça e dependência.

Ah! A preguiça é uma das minhas coisas preferidas! - Hondo

Cansados da guerra e iludidos por mentiras, muitos dos Mando'ade aceitaram os Anti-Mandalores e o governo ilegítimo dos Infiéis, que é como chamamos os Novos Mandalorianos. Mas, em segredo, outros transmitiram os antigos hábitos, ensinando aos filhos as Seis Ações e mantendo viva a nossa história. Esses poucos bravos ficaram conhecidos como os Aka'liit, os Fiéis Mandalorianos. A divisão entre Fiéis e Infiéis separou todos os clãs: membros dos Ordos, dos Fetts, dos Kryzes, dos Awauds, dos Priests, dos Gedycs e, sim, dos Vizslas pertenciam a ambos os lados da nossa longa luta.

Os Fiéis criaram uma rede secreta de representantes nos clãs. Uma geração após a Aniquilação, essa rede apontou o primeiro de uma linha de Verdadeiros Mandalores, a quem, em segredo, os Fiéis ofereceram obediência. Era tempo de ba'slan shev'la, da decisão de desaparecer e esperar uma chance oportuna de contra-atacar. Nossos guerreiros ficaram conhecidos como os Alor'a Aka'liit — a Vanguarda dos Fiéis.

Somente Mandos seria capaz de transformar um fracasso em um épico nacional. -Aurra

Há dois séculos, vimos a República corrupta enfim morrer de velha. Mas, tragicamente, os Fiéis se viram divididos. A divisão começou com uma cruzada contra os Ithullanos, cujas maquinações haviam se tornado uma ameaça. Confiscamos suas estações orbitais, impedimos suas comunicações e desativamos seus feixes de energia. Então, invadimos as cidades repletas de arranha-céus às escuras, arrebentando os tubos de seus reatores como cabaças-temperadas Kalevalanas maduras. Um a um, eles mergulharam nas insondáveis Profundezas Ithullanas, até que Ithull estivesse limpo.

Limpo e inútil! A vingança é um mau negócio. - Hondo

Os Fiéis vão atrás dos redutos Ithullanos.

Branda e sentimental como sempre, a República se disse chocada pelo fato de outros tomarem ações decisivas e fingiu admirar uma espécie fraca e desprezível. Embora já esperássemos por isso, nunca imaginaríamos que alguns dos Fiéis ficariam ao lado da República com o argumento de que, ao defender nossa honra, havíamos prejudicado nossa causa. Como se qualquer causa digna de defesa possa existir sem honra!

A honra é o que os poderosos usam para convencer os tolos a se sacrificarem. -Aurra

Logo surgiram outras desavenças. Alguns Fiéis — chamados Verdadeiros Mandalorianos — queriam ditar como todos deveríamos obter créditos para nós mesmos e nossas famílias, além de supervisionar nossa conduta em uma galáxia hostil. Os mais sábios de nós entenderam que, em tempos de guerra, só os implacáveis sobrevivem — aqueles que se livram das armadilhas do sentimento de pena e da hesitação.

O ponto de ruptura aconteceu há aproximadamente três décadas, quando os Fiéis cometeram um terrível engano ao escolher Jaster Mereel como

Isso é MENTIRA. Jaster buscava a verdadeira honra, e não o direito de ignorar leis ou códigos morais. O grupo de Sentinelas da Morte de Vizsla não era nada além de uma licença para matar. JANGO

o Verdadeiro Mandalore. Mereel havia sido um homem da lei, um Protetor Oficial do planeta Concord Dawn, até que assassinou um oficial superior. Destruído pela culpa, concluiu que o erro não estava no seu coração, mas no universo. Incapaz de conter seu ardor, buscou eliminá-lo em todos os outros. Sua visão tacanha da honra Mandaloriana teria reduzido os Fiéis a meros mercenários impotentes contra os Infiéis.

Então, fizemos o que tínhamos de fazer: rejeitamos por completo esse Mandalore iludido, do mesmo modo que rejeitamos os Anti-Mandalores dos Infiéis. Por estamos dispostos a morrer pela nossa causa, tornamo-nos as Sentinelas da Morte, liderados pelos Mandalores Secretos. Para ter certeza de que seríamos liderados pelo mais poderoso, decretamos que qualquer guerreiro que desejasse se tornar líder das Sentinelas da Morte poderia desafiar o Mandalore Secreto. E, como nosso símbolo de autoridade, escolhemos o Sabre Escuro, uma arma antiga roubada dos Jedi muito tempo atrás.

Antiguidade Jedi? Parece valioso! - Hondo

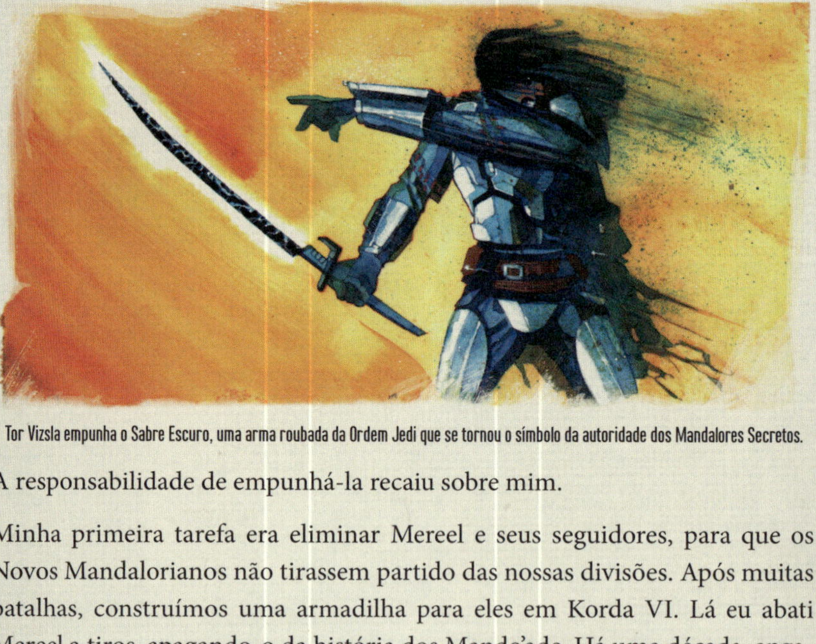

Tor Vizsla empunha o Sabre Escuro, uma arma roubada da Ordem Jedi que se tornou o símbolo da autoridade dos Mandalores Secretos.

Não, somente da sua visão distorcida da história. JANGO

A responsabilidade de empunhá-la recaiu sobre mim.

Minha primeira tarefa era eliminar Mereel e seus seguidores, para que os Novos Mandalorianos não tirassem partido das nossas divisões. Após muitas batalhas, construímos uma armadilha para eles em Korda VI. Lá eu abati Mereel a tiros, apagando-o da história dos Mando'ade. Há uma década, enganamos os Jedi e os fizemos eliminar os Verdadeiros Mandalorianos. Atraímos os Verdadeiros Mandalorianos até Galidraan para acabar com uma insurreição sem sentido. Então, levamos os Jedi para o mesmo lugar ao lhes dar informações falsas. Os Jedi massacraram os Verdadeiros Mandalorianos como nerfs em dia de feira, e a nossa longa luta acabou ali.

Deixar que os idiotas dos Jedi façam o trabalho sujo. Grande ideia! -Aurra

Mas, enquanto as ideias de Mereel morriam em Galidraan, Mandalore estava em chamas. A Grande Guerra dos Clãs havia começado. Nós nos revelamos e tentamos reunir os compatriotas capazes de lutar conosco, porém havia poucos, enfraquecidos pelas insignificantes disputas entre clãs que foram conflagradas enquanto a luta contra os Verdadeiros Mandalorianos nos distraía.

Os Jedi e os Verdadeiros Mandalorianos guerreiam em Galidraan.

Enquanto isso, séculos de mentiras dos Novos Mandalorianos haviam tornado os Mando'ade fracos e moles. Uma das minhas compatriotas, a Duquesa Satine Kryze, havia sido enviada para fora do planeta quando criança pelo pai, o poderoso líder militar de um clã, e foi vítima das mentiras dos Jedi. Após a morte de seu pai na Grande Guerra dos Clãs, ela traiu a memória dele e se tornou líder dos Novos Mandalorianos. Ajudada pelos truques dos Jedi, tornou-se a mais nova Anti-Mandalore. Exaustos, os Mando'ade seguiram em bando para o seu lado. Alguns dos nossos guerreiros foram exilados para a lua Concordia. Outros — entre eles, eu — fugiram para concluir o ba'slan shev'la.

Satine é fraca de espírito, como uma criança, com a fé de uma criança na bondade e na razão. Ela já demonstrou estar pronta para acreditar que os exilados desistiram da luta. Na verdade, o grupo de Sentinelas da Morte está sendo reconstruído. Como sempre, nossas provações nos fortaleceram.

Com os Verdadeiros Mandalorianos fora do caminho, os Fiéis se unem novamente. O povo de Satine está dormindo, implorando para ser acordado. Seremos nós a fazê-lo. Agora, temos suporte financeiro, seres poderosos que acreditam na nossa causa e a quem estamos usando, assim como eles planejam nos usar. Quando voltarmos, será como um exército. Nossa ordem, profissionalismo e honra serão as chaves para abrir os corações dos Mando'ade.

Sentinelas da Morte em uma missão de treino.

Em segredo, as Sentinelas da Morte estão prosperando sob os meus cuidados. Em breve, as minas de Concordia tremerão ao som do ferro Mandaloriano sendo raspado da pedra, e os cânions da lua estarão repletos de guerreiros revestidos de beskar'gam. Nós cruzaremos as areias brancas de Mandalore com vigor, e o nosso povo nos saudará como seus libertadores.

Boa sorte ao transformar uma turba em um exército. - Hondo

Eu sou o Mandalore Secreto, defensor da honra do nosso povo. Eu empunho o Sabre Escuro e verei a queda de Satine, assim como verei seus ídolos falsos do pacifismo e da acomodação serem derrubados. Então, mais uma vez, a palavra Mandaloriano inspirará medo.

Esse é o meu fardo e o meu juramento.

Também fiz um voto: matar Tor Vizsla. Um de nós cumpriu a promessa. JANGO

Jango sempre cumpriu suas promessas.
Ele era esse tipo de homem. - Hondo

BESKAR'GAM (ARMARDURA)

Para quem olha de fora, os capacetes são as nossas faces, assim como as vestimentas são os nossos corpos.

Os planetas e as luas do sistema Mandalore são ricos em beskar, ou ferro Mandaloriano. De acordo com a lenda, essa dádiva trouxe os Progenitores para o nosso mundo. O beskar é extremamente forte, capaz de desviar tiros de blaster e até parar lâminas de sabre de luz. Ainda assim, é leve e flexível, especialmente quando forjado com carbono e cirídio. Um naur'alor habilidoso é capaz de dar ao beskar quase qualquer forma, manipulando sua resistência, cor e outras propriedades. Esse conhecimento é somente nosso — a punição por compartilhá-lo com forasteiros é a morte.

Boa armadura. Bem forte. (E bem cara.) - Hondo

Uma sentença de morte do falecido Mandos. Que medo. -Aurra

Os Progenitores viam o combate mano a mano como o mais alto dos chamados do guerreiro. Seus capacetes lembravam suas próprias faces — cada traje era personalizado para quem o usasse, e a armadura de ancestrais venerados era derretida e reforjada para equipar os mais valorosos chefes de guerra ou líderes de clã. Alguns forjaram a própria armadura, enquanto outros deixaram essa tarefa para os ferreiros que servissem seus clãs como vassalos.

Durante a batalha, os Cruzados Taung contavam principalmente com armas brancas, como o beskad e os machados de Mythossauro. O beskad é uma espada curva de um gume feita de ferro Mandaloriano e usada para demolir as defesas dos inimigos, enquanto o Machado de Mythossauro foi montado a partir de placas calcificadas de osso de mythossauro, afiado e com acabamento em forma de um leque sobre um bastão. Era comum ver os Cruzados carregarem uma kal — adaga feita de beskar — na outra mão.

Os formatos das armas Taung inspiram os atuais modelos Mandalorianos.

Durante a Cruzada da Grande Sombra, muitos Progenitores complementaram as suas armaduras com um traje de combate endurecido a vácuo e com abastecimento de ar para muitas horas. Após as batalhas iniciais contra os lança-foguetes da República, os Cruzados passaram a contar com foguetes no arsenal, tornando-se mestres do combate aéreo.

A fase seguinte da evolução do beskar'gam se deu após Mandalore, o Supremo, admitir os não Taung nos clãs. A aparência e a forma da armadura Cruzada foram moldadas pelo individualismo e pela tradição dos clãs, mas agora, entre os Mando'ade, havia diversas espécies, unidas apenas pelo fato de aderirem aos códigos do guerreiro. Precisou-se transformar esses recém-chegados em unidades efetivamente capazes de lutar e de agir em conjunto contra a República.

NÃO SEI. NÃO ME IMPORTA. BOBA

O ancestral do garoto Fett? - Hondo

As ideias de Cassus Fett a respeito de organização de unidades remodelaram os clãs e nos tornaram uma potente máquina militar.

Cassus Fett, estrategista-chefe de Mandalore, o Supremo, transformou os clãs em um exército. Após a derrota para a República, alguns Cruzados criaram uma nova cadeia de comando baseada não nos vínculos dos clãs, mas na experiência e no sucesso militares. Alguns consideraram essa ideia uma heresia, mas os chamados Neocruzados mostraram seu valor em incursões nas fronteiras da República. Fett persuadiu o Supremo a experimentar mudanças, distribuindo unidades Neocruzadas pelas fileiras dos clãs.

A armadura dos Neocruzados era mais lisa e uniforme, embora, por necessidade, tenha sido adaptada para caber em qualquer espécie. Também era colorida para determinar os postos: azul para as tropas comuns, prateada para unidades de linha de frente e veteranos, vermelha para Comandantes e dourada para Marechais de Campo. O que mais chocava os Mandalorianos tradicionais era que raramente a armadura era feita de beskar. Não havia como minar e forjar o beskar rápido o bastante para suprir a força Mandaloriana, bastante expandida.

Os Mando'ade ainda estão por estabelecer uma força de combate tão potente ou organizada quanto a que foi destruída na Ani'la Akaan. Durante os longos séculos de Estagnação, os Mandalorianos voltaram para o individualismo

Os postos baseados no código de cores dos Neocruzados: tropas comuns (azul), marechais de campo (dourado), comandantes (vermelho) e tropas da linha de frente/unidades veteranas (prateado).

do tempo dos Cruzados, combinando peças de armaduras herdadas, reaproveitadas, desmanchadas e roubadas. Mandalore, o Unificador, recomeçou a produção em massa do beskar'gam, mas as preferências dos Mandalorianos — assim como seus estilos, técnicas e pontos fortes durante as batalhas — continuaram determinando as armas e as armaduras que escolhiam.

Mas, ao permitir essa individualidade, o Unificador criou uma ordem de shocktroopers mais ágil do que os Neocruzados — guerreiros que contavam com a velocidade e o fator surpresa ao atacar.

A armadura dos shocktroopers do Unificador era simples e leve para não sobrecarregar o fornecimento de combustível dos jetpacks. Uma camisa revestia o guerreiro, e um microprojetor de campo de energia, e duas camadas de placas de cerâmica davam proteção básica para o tronco. Depois, surgiu um traje de voo que protegia contra tudo, de água a vácuo forte, enrijecido com armadura têxtil. Por cima havia placas de beskar ou duraplast projetadas para proteger órgãos vitais. Unidades especiais vestiam kamas para se proteger de estilhaços, de ferimentos de blaster e de turbulência de jetpack. A armadura do Unificador ainda serve de base para a que os Fiéis usam hoje.

Não há duas Sentinelas iguais, e todo guerreiro tem liberdade para personalizar a própria armadura, adaptando-a, assim, às suas responsabilidades e ao seu estilo de luta. Mas, para de fato modificar a armadura, deve-se antes entender as noções básicas do beskar'gam.

Muitos dos componentes da armadura vêm em pares. A peça da direita é chamada de beskad, e a da esquerda, de kal. Essa terminologia vale até para os guerreiros canhotos.

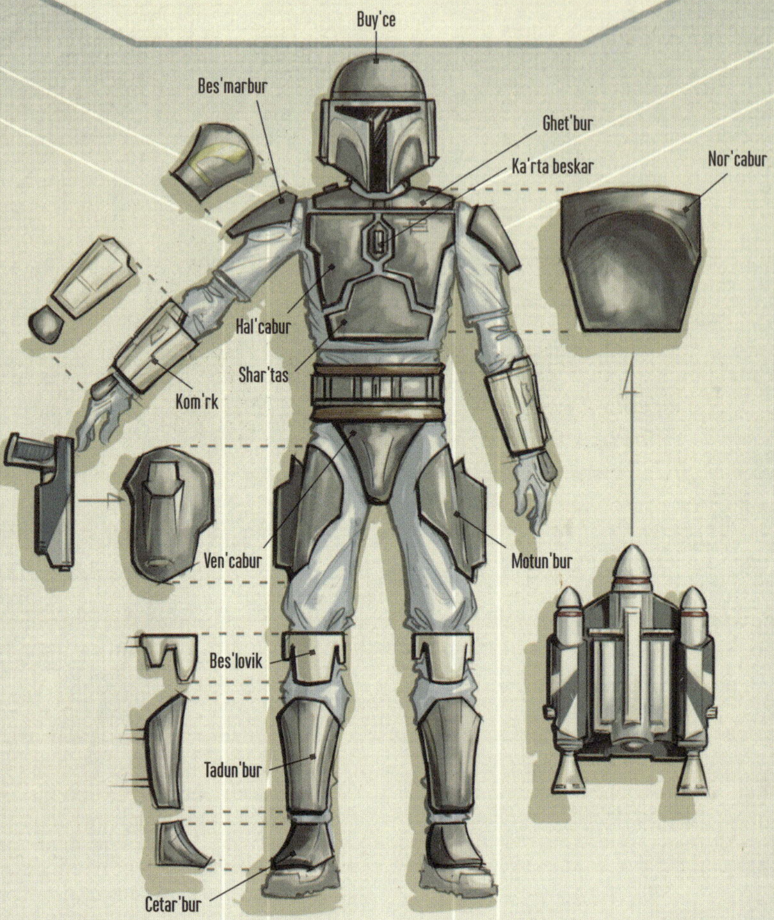

O buy'ce (barbute ou capacete) é, ao mesmo tempo, o símbolo dos Mando'ade e o item mais importante de qualquer conjunto (veja entrada separada sobre os capacetes das Sentinelas da Morte).

A haalas (couraça) protege o tronco e consiste de cinco componentes. As peças principais são o beskad e kal hal'cabure, ou peitorais. Na junção dos peitorais há uma pequena peça em formato de losango conhecida como ka'rta bestar ou tapul. Sob os peitorais há a shar'tas, ou placa, que protege o estômago e as entranhas do humanoide. Acima dos peitorais fica o ghet'bur, ou gorjal, que protege a parte superior do peito. Nas primeiras armaduras Mandalorianas havia um jatne ghet'bur, ou gorjal superior, que protegia o pescoço, mas ele prejudicava os movimentos, por isso raramente é usado hoje em dia. O gorjal se conecta à nor'cabur, ou placa traseira, que é reforçada para ajudar a carregar o peso do jetpack.

SE ESTIVER CAÇANDO JEDI, USE O GORJAL SUPERIOR. SE AO MENOS MEU PAI TIVESSE USADO... BOBA

Os bes'marbure, ou espaldares, protegem os ombros e são menores do que as ombreiras das antigas armaduras Mandalorianas. No espaldar kal fica a insígnia da unidade; marcas pessoais ou de clã ficam no espaldar beskad.

Nas antigas armaduras Mandalorianas havia as shun'bure, ou braçadeiras, para proteger os bíceps, mas as armaduras modernas não contam mais com essa proteção. As kom'rks (manoplas) que protegem os antebraços permanecem, embora principalmente como bases para armas. Perceba que os membros canhotos das Sentinelas da Morte costumam colocar as suas armas invertidas, um fator que os estrategistas precisam levar em conta ao planejar as ações das unidades.

Não adicione toda arma que possua nas manoplas. Escolha as armas certas para a missão. — JANGO

A virilha fica protegida pela ven'cabur, ou braguilha. Alguns guerreiros usam uma peça traseira correspondente, a hut'uun cabur.

As coxas são protegidas pelos motun'bure, ou perneiras, que variam em forma. Alguns guerreiros preferem as que protegem tanto a parte traseira quanto a dianteira das coxas, enquanto outros optam apenas pela proteção frontal. Há ainda os que preterem as perneiras por completo.

Os joelhos são protegidos pelas bes'lovike (joelheiras), que oferecem proteção e, ao mesmo tempo, servem para carregar uma arma a mais.

As canelas e panturrilhas são protegidas por tadun'bure (grevas), embora a maioria dos guerreiros dispense as grevas traseiras. Os cetar'bure (escarpes) protegem a parte superior dos pés.

Interessante. - Hondo

Nossas operações secretas de mineração em Mandalore e em Concordia estão produzindo mais e mais beskar, porém as armaduras Mandalorianas continuam sendo difíceis de encontrar — e, traiçoeiramente, os Novos Mandalorianos destruíram muitos trajes de beskar'gam que eram herança de família. A maior parte das nossas armaduras é forjada em duraplast ou alum.

Tradicionalmente, os guerreiros têm decorado suas armaduras com as cores e insígnias dos clãs, desenhado símbolos para celebrar vitórias, as pintado em reconhecimento aos objetivos ou às causas, ou as personalizado de outras maneiras. As Sentinelas da Morte honram essas tradições, mas, por ora, nossa prioridade é parecer uma força militar única, unida e disciplinada. Portanto, até que a nossa luta se torne a luta do nosso povo, o uniforme padrão será polido com beskar'gam em tons de azul, a cor que significa a nossa devoção.

Difícil acreditar que agora esses criminosos usarão armaduras que se parecem com a minha. Ainda assim, posso explorar a confusão. Procure sempre uma vantagem. — JANGO

Os Taung provam seu valor contra um Mythossauro no antigo Mandalore.

SÍMBOLOS E INSÍGNIAS DAS UNIDADES

CAVEIRA DE MYTHOSSAURO: Quando os progenitores chegaram, Mandalore era habitado por gigantescas criaturas com chifres — os selvagens Mythossauros. Os clãs mediram forças contra essas grandes feras, até que todas elas tivessem caído ante os machados e as espadas. A máscara de Mandalore, o Primeiro, foi feita de um esterno sobre o coração de um Mythossauro, e, durante a Cruzada da Grande Sombra, a imagem da enorme caveira era o símbolo do Clã Keldau, famoso por seus instrutores de combate. Tanto os Mythossauros quanto o Clã Keldau já não existem há muito, mas a caveira ainda é um símbolo conhecido dos Mando'ade.

LOGOTIPO DOS CRUZADOS: O antigo símbolo dos Cruzados Mandalorianos é um anel adornado de pontas afiadas. As pontas representam as armas dos guerreiros, enquanto o anel simboliza os ciclos que governam a vida — nascimento e morte, conquista e perda, e a promessa de que novos guerreiros surgirão para dar continuidade às tradições dos que já se foram.

LOGOTIPO DOS NEOCRUZADOS: Diz-se que foi inventado por Cassus Fett. Representa a união de seus antepassados Cruzados a uma caveira Mandaloriana estilizada, símbolo da perícia dos Mandalore em interpretar a vontade dos deuses da guerra.

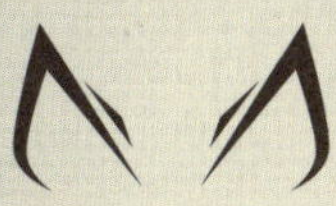

OLHOS JAIG: Nenhum som aterroriza mais as criaturas da noite de Mandalore do que o som agudo do jai'galaar, o falcão-berrante. Caçadores inigualáveis, os falcões-berrantes atingem o ápice do perigo quando defendem seus ninhos. Seus olhos estilizados são um prêmio para os guerreiros que demonstram bravura notável em defesa de seu clã ou unidade — ou dos Mandalorianos em geral.

SENTINELAS DA MORTE: Ao me tornar o líder das Sentinelas da Morte, escolhi o símbolo do meu próprio clã para representar o grupo. Por quê? Porque ele representa o falcão-berrante em posição de ameaça. Se há um símbolo nobre para os Mandalorianos, é esse. E, se reivindicaremos a nossa honra, clãs como o meu devem decidir a quem devem lealdade. Quando os Vizslas veem seu próprio símbolo adornando as armaduras dos que lutam pelos hábitos do antigo guerreiro, talvez eles se lembrem da própria honra perdida.

Este era o símbolo de Jaster Mereel quando era Protetor Oficial do Concord Dawn.

O CAPACETE

Eu o desenhei em sua homenagem e para lembrar que você nunca sabe o que está no coração do próximo. Pense que a traição está sempre por perto. Você viverá mais.

JANGO

O atual capacete Mandaloriano é uma maravilha da tecnologia. Permite que uma Sentinela bem-treinada enxergue em todas as direções, comunique-se facilmente e lute com mais eficiência do que uma dúzia de soldados comuns.

Em condições de pouca luz, a viseira do capacete aprimora a visão automaticamente, além de protegê-la contra picos de intensidade, prevenindo assim que explosões e armas luma ceguem a Sentinela. As lentes macrobinoculares da viseira interagem com o telêmetro, selecionam até dez alvos para rastrear

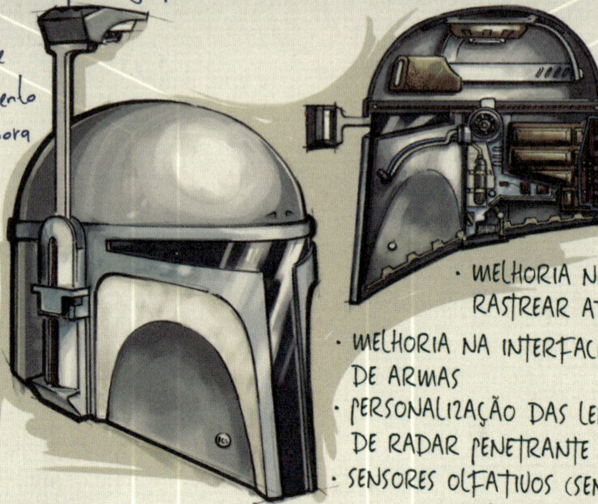

Um capacete Mandaloriano moderno

pelo mostrador e são controladas por comandos de voz ou pelo movimento dos olhos e por piscadas. Além de microcâmeras, um visor pineal permite que o usuário enxergue atrás de si. Um comunicador interno encriptado possibilita a comunicação com outras Sentinelas, e uma antena de banda larga funciona nas transmissões a longa distância. O capacete tem duas horas de abastecimento de ar e um filtro de ambiente para eliminar contaminantes.

Então, é assim que eles fazem. -Aurra

O JETPACK

Isso, sim, é um bom truque! - Hondo

Para cumprir os objetivos de uma missão o mais rápido possível, uma Sentinela deve atacar com velocidade e força decisivas, além de atingir alvos com precisão cirúrgica. Nossos recursos de ataque aéreo nos dão algo crítico que falta aos oponentes. Podemos atacar alvos por todo o planeta Mandalore e pelos mundos da República, aparecendo e desaparecendo enquanto os nossos adversários ainda estão tentando contabilizar o estrago que causamos. Nossos jetpacks são fundamentais para isso.

Antigamente, os Cruzados Mandalorianos e os shocktroopers, ao abater sem aviso, eram o orgulho dos Mando'ade. Cada visão das Sentinelas no céu em formação é uma lembrança do que nos foi tirado pelos Anti-Mandalores e por seus conspiradores entre os Jedi e a República. Organizados da mesma forma que as frotas de caças estelares e de aeronaves armadas — com líderes de esquadrilha, missões de objetivos claros, comunicação constante, linhas de fogo interligadas e responsabilidades de cobertura bem-definidas —, as unidades de jetpack são exemplos magníficos de habilidade, treinamento e precisão.

Ótimo para fugas rápidas, mas o míssil é letal. -Aurra

Míssil Z-6 de precisão da Mitrinomon (à esquerda) e um jetpack JT-12, da Merr-Sonn.

O JETPACK PERMITE QUE VOCÊ DISFARCE UMA MUDANÇA DE POSIÇÃO AO FINGIR ESTAR EM QUEDA LIVRE E, ENTÃO, RECUPERAR A POSIÇÃO. ALÉM DISSO, NA VELOCIDADE MÁXIMA, VOCÊ MESMO SE TORNA UMA ARMA. BOBA

O jetpack é, ao mesmo tempo, um mecanismo propulsor e uma arma valiosa. Uma Sentinela deve dominar ambos os aspectos de seu uso.

O modelo padrão usado pelas Sentinelas da Morte é o JT-12, da Merr-Sonn, um jetpack compacto e leve com combustível para um minuto de operação contínua. É possível carregar reservatórios de combustível adicionais, mas isso aumenta o peso. Estamos trabalhando em conjunto com a Merr-Sonn e com outras corporações para encontrar um combustível leve em estado sólido que aumente a versatilidade dos nossos jetpacks.

O armamento padrão do JT-12 é um lança-mísseis que carrega uma única ogiva de concussão. Como a abertura de ventilação para o míssil fica na parte inferior do jetpack, algumas Sentinelas da Morte usam kamas para se proteger do escapamento. O lançador do JT-12 consegue atirar vários tipos de mísseis. Uma opção popular é o Z-6 de precisão, da Mitrinomon, que pode ser programado para explodir ao impacto ou ser "travado" e funcionar como gancho.

RECRUTAMENTO

Não podemos recrutar e treinar pessoal abertamente. Como os Novos Mandalorianos nos consideram fora da lei que devem ser exilados ou desarmados, devemos ficar atentos a agentes duplos cuja verdadeira fidelidade seja aos Novos Mandalorianos, aos remanescentes dos Verdadeiros Mandalorianos, à República, aos Hutts ou a outros.

Portanto, estamos sempre em alerta para aqueles que entram para as nossas fileiras. Supervisionamos constantemente e testamos com rigor os recrutas

Nunca se torne um alvo, a não ser que alguém esteja pagando. -Aurra

e até Sentinelas experientes. Caso suspeite que um recruta ou colega Sentinela da Morte seja leal a nós e ao inimigo ao mesmo tempo, ou um traidor, informe ao seu comandante, que irá ajudá-lo a seguir os nossos protocolos: reconhecer, monitorar, isolar, interrogar. Não tema o efeito disso no relacionamento com um soldado individual. Se as Sentinelas perderem o foco ao serem interrogadas por seus pares durante um mero exercício de treinamento, como reagirão ao serem atacadas pelos nossos inimigos? Quem é honrado não teme as perguntas, assim como quem tem mérito não teme os testes.

Onde encontramos Sentinelas em potencial? Em muitos lugares:

CLÃ: Desde a Aniquilação, todos os clãs foram divididos entre os adeptos dos Fiéis e os que aderiram aos Infiéis, e as rivalidades entre os clãs já existiam muito antes disso.

As Sentinelas da Morte são uma afiliação secreta, que não deve ser compartilhada com parentes ou com o clã. Mas também sabemos que os clãs são ideais para o recrutamento. Para equilibrar os benefícios do recrutamento e os perigos da exposição, três Sentinelas devem aprovar um recruta em potencial encontrado por meio de ligações com clãs, e uma dessas Sentinelas deve ser de um clã diferente.

INDÚSTRIA: Os Novos Mandalorianos canalizaram o espírito do nosso povo, assim como sua habilidade, para construir naves, veículos e equipamentos para forasteiros. Mas, dentro de cada corporação Mandaloriana, encontramos artesãos frustrados e criadores que sabem que seus talentos estão sendo desperdiçados, e eles anseiam por uma oportunidade de trabalhar para a nossa causa. Por que outro motivo os modelos da MandalMotors e da MandalTech demonstram ser tão adaptáveis para usos militares?

Temos olheiros em companhias Mandalorianas. Eles procuram por recrutas em potencial para as Sentinelas da Morte e nunca fazem contato direto — são valiosos demais para se arriscar à exposição. Em vez disso, contatam outra Sentinela a respeito de um recruta em potencial, e essa outra Sentinela contata uma terceira, que é incumbida de efetivamente tentar o recrutamento.

É trabalho demais! Vou ficar na pirataria. - Hondo

AGENTES DA LEI: Os serviços policial e de emergência de Mandalore são parte da Guarda Mandaloriana e atraem os Mando'ade que desejam proteger seu povo. Isso faz deles fontes lógicas de recrutamento. Eles já chegam às Sentinelas da Morte com bastante treinamento em armas e trabalhando como parte de uma unidade. Ao mesmo tempo, devemos ter atenção para o fato de que o governo dos Novos Mandalorianos monitora de perto a Guarda Mandaloriana, especialmente as unidades de elite. Os recrutas dessas unidades são valiosos, mas devem ser selecionados com cuidado. Assim como ocorre com as nossas tentativas de recrutamento na indústria, contamos com um sistema de olheiros e recrutadores e, cautelosamente, mantemos os dois a uma distância segura.

MUNDOS MANDALORIANOS/ENCLAVES: Os Mando'ade estão espalhados pelo Espaço Mandaloriano, e há enclaves do nosso povo por toda a galáxia. Essas populações têm grande potencial para preencher as fileiras das Sentinelas da Morte. Lembre-se de que alguns dos maiores Mandalores nasceram e cresceram fora do nosso planeta natal. Mandalore, o Vinculador, era filho de um tecelão em Harswee, e Mandalore, o Martelador, cresceu nas vielas de Kol Atorn, aprendendo o idioma Mando'a com sotaque dos emigrantes e exilados que lá se estabeleceram.

Mandalore, o Vinculador

MERCENÁRIOS/CAÇADORES DE RECOMPENSA: Muitas Sentinelas veteranas serviram como mercenários ou caçadores de recompensa, e lutadores experientes nos são uma ajuda óbvia. Mas nem todo mercenário Mandaloriano é um recruta apropriado. Alguns são Mandalorianos apenas no nome e se aproveitam da nossa reputação e da nossa aparência sem adotar as Seis Ações. E, ainda que não haja desonra no serviço mercenário ou no Comércio Carmesim, os que trabalham para quem paga melhor podem mudar de lado por alguns créditos a mais. Não por *alguns* créditos a mais. - Hondo

Esses recrutas são selecionados com cuidado e observados durante o treinamento. Damos boas-vindas aos que se dispõem a deixar de lado os antigos hábitos, e rapidamente seguimos caminhos opostos aos que não se dispõem.

Por fim, um comentário sobre os forasteiros. Sim, qualquer guerreiro que mostre valor no campo de batalha e siga as Seis Ações pode se tornar Mando'ade. Nossa sociedade se baseia em ações e realizações, não em berço ou passado. Por milênios, esse credo tem mantido forte a nossa sociedade.

Mas esses não são tempos comuns. Os Infiéis e a "delicada" Duquesa mentiram para os Mando'ade e os dividiram, afastando-os de sua herança. Ainda

Alguns mercenários usam as Seis Ações para encobrir a violência que praticam. JANGO

não podemos derrotá-la no campo de batalha. Em vez disso, nossas vitórias devem vir em um território mais particular: nos corações e nas mentes dos Mando'ade. Por isso, precisamos parecer uma força de combate uniforme, com humanos sob capacetes similares. Quando restaurarmos as nossas tradições, talvez demos boas-vindas aos forasteiros outra vez. Mas, até lá, estamos em guerra. Incorporar espécies bestiais enfraquece a segurança e vai contra a imagem que precisamos proteger.

Há! Eu não queria mesmo ser membro desse clube maluco. - Hondo

TREINAMENTO

Os recrutas das Sentinelas da Morte passam por um treinamento básico que dura quatro semanas e aprendem não só as habilidades básicas do combate como as bases para operar dentro de uma unidade militar. Mesmo os soldados experientes passam por treinamento básico; separar os que não são capazes ou não têm motivação — como se fosse o joio do trigo — é tão importante quanto o processo de ensino. Ao fim do treinamento básico, os recrutas terão aprendido a aceitar a autoridade alheia e serão capazes de realizar as manobras básicas de combate automaticamente, mesmo quando desorientados ou exaustos. Esse treinamento se pagará em vidas salvas e em missões com objetivos cumpridos.

Em geral, treinamos recrutas em esquadrões de dez, e cada esquadrão é dividido em duas equipes. Os Comandantes servem como sargentos de instrução durante o treinamento básico, que se dá em um dos nossos locais seguros. Para a segurança da operação, nunca se diz aos recrutas aonde estão indo.

Sábio. Quando trabalhar com os outros, revele apenas o que eles precisam saber. -Aurra

Um pelotão de treinamento das Sentinelas da Morte sob o olhar vigilante do seu Comandante.

Após o treinamento básico, os recrutas remanescentes são reorganizados em equipes e esquadrões; o treinamento físico continua por mais um período de duas a quatro semanas, embora a ênfase mude para as armas de longo e curto alcance, e então para as técnicas de combate desarmado. Os recrutas que completam esse estágio aprendem as táticas, bem como a história Mandaloriana e os objetivos das Sentinelas da Morte. Esse estágio do treinamento culmina com os exercícios reais e os exercícios de guerra.

O quarto e último estágio de treinamento leva duas semanas e tem como foco principal a operação, as manobras e as táticas no uso do jetpack. Ao completarem essa fase, os recrutas prestam o juramento das Sentinelas da Morte e vestem seu beskar'gam.

O treinamento com jetpack é o estágio final antes de os recrutas prestarem o juramento das Sentinelas da Morte.

PERFIS DE OPERAÇÃO

Nossa luta contra os Novos Mandalorianos não acabará com a captura de uma fortaleza ou de uma cidade. Precisamos ser flexíveis e oportunistas, aproveitando os momentos quando eles se apresentarem, reavaliando situações constantemente e mudando as estratégias para abordá-los.

Independentemente da operação, se possível, nunca somos capturados, nunca deixamos mortos ou feridos para trás e nunca abandonamos equipamentos. Há diversas razões para isso:

- Não queremos que os nossos adversários saibam a respeito dos equipamentos que usamos, das nossas táticas, ou que descubram quem são os nossos membros.

- Somos mais eficazes quando rumores ou informações erradas aumentam os nossos números ou diminuem a percepção que o inimigo tem do nosso número de baixas.
- Nós somos Mando'ade — melhor morrer do que viver sem honra.

Bobagem! A regra nº 1 é permanecer vivo. - Hondo

Estes são os seis perfis comuns de operações que toda Sentinela deve estar preparada para executar sem aviso prévio:

RECONHECIMENTO: Os soldados precisam de informações tanto quanto de bravura e treinamento. Missões de reconhecimento nos ensinam os pontos fortes e fracos, os movimentos e as posições dos nossos inimigos. Elas podem recorrer a informantes ou civis simpatizantes, além de se beneficiar da análise em redes de dados ou de feeds de satélites, mas não há substituto para uma avaliação da situação feita em terra e em primeira mão por um soldado.

Bom conselho. Só acredite nos seus próprios olhos. -Aurra

INCURSÃO: As operações mais simples envolvem entrar, eliminar a oposição, cumprir os objetivos da missão e se retirar. Os objetivos podem variar — de causar baixas ou destruir maquinário até obter informações e tomar equipamentos —, mas a tática é sempre entrar e sair na velocidade da luz.

EMBOSCADA: A combinação de soldados bem-treinados e um ponto de estrangulamento em um terreno ou uma estrutura é um multiplicador de forças natural. Fazer o melhor uso do campo de batalha e dos seus recursos é uma tática tão velha quanto a própria guerra.

Sentinelas da Morte colhendo informações para um ataque bem-sucedido.

BATIDA: A diferença entre uma incursão e uma batida é que o objetivo de uma batida é mudar o curso do jogo: a eliminação de um indivíduo-chave, a destruição de um complexo ou a apreensão de equipamentos ou informações-chave. As batidas são mais planejadas do que as incursões e, com frequência, exigem o planejamento de diversas equipes ou esquadrões.

INFILTRAÇÃO: As operações de infiltração podem anteceder uma incursão ou uma batida, com as Sentinelas da Morte adentrando as defesas do inimigo e permanecendo no lugar para apoiar nossa força militar. Essas operações talvez exijam a cooperação de informantes ou simpatizantes e podem ser conduzidas à paisana. Para evitar a perda de ativos por fogo amigo, deve-se estabelecer sinais de reconhecimento a serem usados durante essas atividades.

DESESTABILIZAÇÃO: Por nos faltarem recursos ou efetivo para fazer oposição aos Infiéis na guerra convencional, nós os minamos ao demonstrar que são inaptos a governar Mandalore e incapazes de garantir proteção e segurança. A desestabilização pode tomar diversas formas — propaganda inserida nos datafeeds dos Novos Mandalorianos, ataques públicos a seus alvos, destruição de símbolos do regime e por aí vai. As operações de desestabilização se apoiam em objetivos claros: o que buscamos realizar? Será que essa realização aumentará a percepção das Sentinelas da Morte e diminuirá a dos Novos Mandalorianos? Uma operação de desestabilização imprudente causa mais dano do que benefício.

INTRODUÇÃO ÀS TÁTICAS

Os perfis das operações variam, mas os princípios gerais sempre se aplicam. Siga esses princípios, e suas operações terão maior chance de serem bem-sucedidas. Negligencie-as, e o fracasso será certo.

EXCESSO: As coisas dão errado. Soldados estão inaptos às funções ou se perdem, os equipamentos não funcionam, as baterias falham, as condições do tempo mudam. Um comandante sábio se planeja para os imprevistos.

ECONOMIA: Empenhar todos os ativos em uma única missão é perigoso. Os soldados podem entrar um no caminho do outro, e o azar pode ser devastador. Descubra a força militar ideal para cumprir o objetivo de uma missão e mantenha unidades adicionais de reserva, ou use-as em outro lugar como apoio à força principal.

CLAREZA: Os soldados devem entender os objetivos, as táticas e a cadeia de comando da missão. Treine-os até que suas respostas sejam as mais automáticas possíveis. Uma unidade bem-treinada age com proatividade porque já encontrou problemas nas simulações e aprendeu a solucioná-los.

FOCO: Não hesite com o objetivo da missão. O tempo e os recursos são valiosos na batalha; use-os para os fins planejados.

FLEXIBILIDADE: O objetivo é primordial, mas pode haver diversas formas de atingi-lo. Os comandantes devem observar oportunidades inesperadas.

INICIATIVA: As oportunidades surgem para o comandante que tem histórico de aproveitá-las, e as Sentinelas da Morte agem onde os Novos Mandalorianos meramente reagem. Não renuncie a essa vantagem.

MOBILIDADE: Esteja sempre em movimento. Forças menores precisam do fator surpresa, de velocidade e de agilidade para prevenir que forças maiores tirem vantagem dos números e dos recursos. Se você for encurralado, suas vantagens se tornarão desvantagens rapidamente.

SEGURANÇA: Soldados que falam demais põem em risco a missão e a vida dos companheiros Sentinelas. Seja especialmente cuidadoso com informantes ou simpatizantes. Considere a opção de usar um olheiro para procurar brechas na segurança da operação e lide de forma imediata e severa com qualquer conversa fiada dentro de uma unidade das Sentinelas da Morte. *Nunca deixe testemunhas. -Aurr*

MAS TUDO BEM DEIXAR ALIADOS, NÃO É, AURRA BOBA

PROPÓSITO: Somos as Sentinelas da Morte, os depositários do destino Mandaloriano. Nossos inimigos são os arquitetos equivocados de uma nova ordem fraca e defeituosa, uma ordem que não pode continuar existindo. Somente isso não garantirá a nossa vitória, mas é uma vantagem que guiará um coração resoluto através de muitas dificuldades.

CONHEÇA SEUS INIMIGOS

Muitos na galáxia detestam a ideia de um Mandalore renovado e em ascendência, cujo povo seja unido pelo orgulho e pela herança em comum. Porém, ao combater o inimigo, devemos distinguir os gebaru'e dos chaajaru'e — os inimigos próximos e os distantes.

A maior parte dos gebaru'e é composta de forças militares dos Novos Mandalorianos, que seguem o programa pacifista equivocado da Duquesa Satine. Alguns deles buscam a nossa destruição. Eles morrerão, seja quando invadirmos, ou quando os interrogatórios revelarem quem é fiel e quem não é. Mas, entre os gebaru'e, há os que são apenas combatentes relutantes. É das suas fileiras que as Sentinelas da Morte crescerão e tirarão forças.

Imagine que legal seria eu vender este livro para a Duquesa. -Aurra

Devemos considerar o impacto nos gebaru'e ao determinar os objetivos da missão. Às vezes, uma demonstração disciplinada e cuidadosa de força nos trará mais benefícios do que uma exibição extravagante.

A maioria dos chaajaru'e é de forças da República, nossos antigos inimigos. A República está decadente e difusa, uma grande fera cujos espasmos de morte ameaçam esmagar os povos livres da galáxia. Os chaajaru'e contam com vantagens esmagadoras em termos de recursos e tecnologia, dos quais devemos nos lembrar quando buscarmos frustrar seus planos. Um dia, nossos sacrifícios irão criar um Mandalore poderoso o bastante para desafiar os chaajaru'e abertamente. Mas esse será o trabalho dos nossos filhos, e dos filhos dos nossos filhos. Como membros das Sentinelas da Morte, não devemos ser apenas corajosos, mas pacientes.

A GUARDA MANDALORIANA: Entre a Guarda Mandaloriana existem unidades de aplicação da lei e de segurança pública. Também há autoridades que operam por todo o setor.

Após a Grande Guerra dos Clãs, Satine reorganizou a Guarda, cujas unidades haviam se tornado fontes de influência para os clãs. Em geral, as unidades da Guarda são tiradas de diversos clãs, com promoções e cadeias de comando projetadas para quebrar a concentração de clãs. Isso gerou ressentimento, pois soldados da Guarda veem membros menos qualificados de clãs alheios serem promovidos, em vez de membros merecedores dos seus próprios clãs. Os preteridos são recrutas em potencial das Sentinelas da Morte, mas eles devem entender que nós também exigimos a subordinação às lealdades de clãs em vista de uma causa mais ampla.

Unidades da Guarda Mandaloriana variam muito em níveis de habilidade e lealdade aos Novos Mandalorianos.

A maioria dos Guardas usa armadura, bastões de atordoamento e escudos. Eles treinam com blasters, lança-chamas e armamentos pesados, mas os usam apenas como último recurso. As unidades de elite, como o Serviço Secreto Mandaloriano, fazem treinamento com jetpacks e são oponentes formidáveis.

GUARDA REAL MANDALORIANA: Essa unidade defende a Duquesa Satine e seus ministros de alto escalão. Como unidade de elite, a Guarda Real contém alguns poucos guerreiros superiores. A Duquesa Satine abomina violência e insiste que seus protetores se contenham ao cumprir suas funções. Tentamos nos infiltrar na Guarda Real, mas, até agora, a Duquesa tem feito escolhas sábias para preencher essas fileiras, e nossos esforços não têm dado em nada.

Normalmente, os Guardas Reais estão armados de bastões elétricos e são eficazes ao lutar unidos. Suspeitamos de que também tenham armamento pesado, mas não possuímos nenhum relato confiável de que o tenham usado.

PATRULHA MANDALORIANA: Essas unidades da Guarda defendem o Espaço Mandaloriano. Eles são mais agressivos do que os Guardas normais e interceptam contrabandistas e naves suspeitas com força letal, caso necessário. Além de um punhado de cruzadores pesados, a Patrulha tem poucas naves principais e confia em veículos velozes apoiados por corvetas e fragatas.

Não mexa com esses caras. Não vale a pena. -Aurra

Sempre que possível, evite os Patrulheiros. Eles estão mais preocupados com criminosos e com os kunaru'a do que conosco. Na Patrulha, há muitos simpatizantes das Sentinelas da Morte, e nos últimos anos tivemos poucos problemas para aprender suas rotas e manobras com antecedência, o que nos permitiu evitar que os caminhos se cruzassem.

OS REMANESCENTES MANDALORIANOS: Embora tenhamos derrotado os Verdadeiros Mandalorianos em Galidraan, seu credo ainda não foi extinto. Devemos nos lembrar de que os Verdadeiros Mandalorianos que fugiram de Galidraan têm tanta familiaridade com ba'slan shev'la quanto nós. Fique atento para sinais de que eles — ou outros que defendam os seus objetivos — tenham se reorganizado.

O EXÉRCITO DA REPÚBLICA: Há mais ou menos um milênio, a República abandonou o seu exército permanente em larga escala e passou a responsabilidade da maior parte da segurança para as Forças de Segurança Planetárias, como a Patrulha Mandaloriana. A única organização militar cujo controle é centralizado pela República é o pequeno grupo de forças-tarefa e frotas conhecido como Forças Judiciárias. Embora de capacidade limitada, as Forças

Judiciárias podem requisitar unidades militares de setores e sistemas estelares durante tempos de crise, e a sua frota reage rapidamente, além de ser projetada para responder a problemas em qualquer lugar da galáxia.

As Forças Judiciárias foram enfraquecidas por contendas políticas e pela corrupção, e os melhores tripulantes de naves de guerra (assim como alguns dos piores) se encontram entre as Forças de Segurança Planetárias. As habilidades e os recursos dessas forças variam bastante. Para ser bem-sucedido ao conduzir uma missão fora do Espaço Mandaloriano, é essencial saber a composição, as rotinas e os protocolos das forças locais.

Também devemos manter o olhar atento para as políticas da República. Incidentes recentes têm dado forças a um movimento político para restaurar as habilidades militares centralizadas da República. Uma força criada por tais ações seria muito mais forte do que as Forças Judiciárias e, presume-se, menos prejudicada pela burocracia.

JEDI E SITH: Esses feiticeiros têm interferido nos nossos assuntos há milênios. Os antigos Jedi demoliram o império de Mandalore, o Supremo, e acabaram com os nossos clãs na Ani'la Akaan, e seus descendentes supervisionaram a Aniquilação. Atualmente, agentes Jedi trabalham em segredo para frustrar os nossos objetivos. Os Sith não são melhores, iludindo repetidamente os Mando'ade a servi-los como tropas de choque.

Não subestime os poderes dos Jedi. A maioria deles é de guerreiros excepcionais com sentidos e reflexos acima do normal. Seus sabres de luz podem

O resultado de um ataque em bando contra um Cavaleiro Jedi.

Um Jedi preso por um lançador de corda de fibra. Legal. -Aurra

desviar tiros de blaster. Para se proteger, mantenha uma distância suficiente, tendo mais chance de reagir aos tiros refletidos, e não atire sem necessidade. Uma tática mais eficiente é usar o lança-chamas. Os poderes e as armas Jedi são bem menos eficazes contra ataques que cobrem uma grande área.

Outra tática efetiva é prender os Jedi usando um lançador de corda de fibra. Funciona melhor quando feito em grupo — uma estratégia valiosa em todos os combates com Jedi. Eles são oponentes perigosos, mas nem seus poderes os permitem escapar de dezenas de tiros de blaster, lança-chamas cujas áreas de alcance se sobreponham ou ataques múltiplos.

Lembre-se de que os poderes Jedi não se limitam ao campo de batalha. Eles são capazes de manipular objetos e dispositivos, além de usarem suas habilidades para confundir os desatentos, apagar memórias e até para implantar sugestões. Os fortes de espírito são capazes de resistir a esse poder, mas isso leva anos de treinamento e dedicação. Se um Jedi ou um Sith estiver por perto, os Comandantes deverão notar incidentes estranhos, comportamentos peculiares ou outros fenômenos inesperados. Tudo isso pode ser evidência de que um feiticeiro Jedi está em ação.

CONCLUSÃO

Vivemos em uma era na qual somos assediados pelos inimigos e estamos em perigo de ver nossa herança e nossa história serem expurgadas pelo adversário mais traiçoeiro de todos — nosso próprio povo.

Ainda assim, os Mando'ade sempre foram testados, sujeitos às provações tanto dos fracos que estão entre nós quanto dos fortes que se encontram distantes. Ambos querem a nossa destruição, mas nenhum deles conseguirá, pois muitas coisas nos fortalecem: habilidades com as armas e destreza na guerra, uma mente obstinada e uma visão clara, e fé nos antigos valores que nos preservaram.

Ao estudar este manual, você se torna um líder mais resoluto. Ao obter outros conhecimentos sobre as Sentinelas da Morte, você se torna um professor mais eficaz. Ao se sujeitar às provações, você se torna um guerreiro mais qualificado. Toda lição e toda vitória nos aproximam do triunfo da nossa causa e do ressurgimento do nosso povo.

Aprenda AS SUAS PRÓPRIAS lições. Defina AS SUAS PRÓPRIAS vitórias.
- Aurra

Sim! Sim! Permaneça vivo. Fique rico. - Hondo

Cada guerreiro resoluto aproxima da realidade o futuro glorioso de Mandalore.

Star Wars: O Código do Caçador de Recompensa é produzido por becker&mayer!
11120 NE 33rd Place, Suite 101
Bellevue, Washington 98004
www.beckermayer.com

Se tiver perguntas ou comentários a respeito deste produto, por favor, visite beckermayer.com/contact e clique em Customer Service Request Form. Site em inglês.

PRIMEIRA EDIÇÃO
Editor: Ben Grossblatt
Designer: Rosanna Brockley
Coordenador de produção: Jennifer Marx
Assistente de design: Greg Cook

Lucasfilm Ltd.
Editor-executivo: J. W. Rinzler
Diretor de arte: Troy Alders
Guardião do Holocron: Leland Chee
Diretor de publicação: Carol Roeder

Texto e anotações escritos por Daniel Wallace, Ryder Windham e Jason Fry.

Ilustrações por Alan Brooks, Joe Corroney, Mark McHaley, Gustavo Mendonça, Chris Reiff, Brian Rood, Chris Scalf, Chris Trevas, John Van Fleet e Velvet Engine Pte Ltd.

Tradução: Ângelo Lessa

Editoração: FA Studio

Impresso na China

Cip-Brasil. Catalogação na publicação
Sindicato Nacional dos Editores de Livros. RJ

W179s Wallace, Daniel
Star Wars: o código do caçador de recompensa / Daniel Wallace, Ryder Windham, Jason Fry; tradução Ângelo Lessa. — 2. ed. — Rio de Janeiro: Bertrand Brasil, 2015.
160 p.: il; 21 cm.

Tradução de: Star Wars: the bounty hunter code
ISBN 978-85-286-1484-8

1. Star Wars (Filme) — Representação cinematográfica. 2. Ficção americana. I. Windham, Ryder. II. Fry, Jason. III. Lessa, Ângelo. IV. Título.

CDD: 791.4375
14-12914 CDU: 791

Todos os direitos reservados pela:
EDITORA BERTRAND BRASIL LTDA.
Rua Argentina, 171 – 2º andar – São Cristóvão
20921-380 – Rio de Janeiro – RJ
Tel.: (0xx21) 2585-2070 – Fax: (0xx21) 2585-2087

Atendimento e venda direta ao leitor:
mdireto@record.com.br ou (0xx21) 2585-2002